انتشــارات
بلوط سرخ

انتشـارات
بلوط سرخ

داستان‌های بلوط سرخ - ۱

ساحک

| سارا صالح |

ز دانا شنیدم یکی داستان
خرد شد بران نیز همداستان

ساحک
داستان‌های بلوط سرخ - ۱
نویسنده: سارا صالح
مدیر هنری و طراح گرافیک: عبدالرضا طبیبیان
چاپ اول: زمستان ۱۴۰۰، مونترال، کانادا
شابک: ۸-۰-۷۷۸۰۹۱۳-۱-۹۷۸
مشخصات ظاهری کتاب: ۶۰ برگ
قیمت: ۷٫۵ £ - ۸٫۵ € - ۱۳ CAD $ - ۱۰ US $

انتشارات بلوط سرخ
نشانی: 746A, Plymouth Av., Montreal, QC, Canada
کدپستی: H4P 1B1
ایمیل: redoakpublication@gmail.com
اینستاگرام: redoakpublication

پیشکش به

پدرم که نام و یادش، غرور من است

مادرم که همچون کوه قوی و استوار، و همچون دریا آرام است

و همسرم که رویای عشق را برایم حقیقی ساخت.

فهرست

باور داشته باش...

همه چیز از یک شب معمولی شروع شد. یک شب مثل تمام شب‌های گذشته... شستن ظرف‌ها که تمام شد، دور سینک را خشک کردم. مثل همیشه کمرم درد می‌کرد. با ناله‌ای که صدایش را فقط خودم می‌شنیدم، رفتم و چراغ‌های باقی مانده را خاموش کردم.

پسرم را که خسته از شیطنت و بازی، جلوی تلویزیون خوابش برده بود، توی تخت گذاشتم.

برگشتم به هال تا همه چیز را چک کنم. (این عادت قبل از خوابم شده بود.) به خانه کوچکم که حالا با نور مهتاب کمی روشن شده بود نگاه کردم. با اینکه از صبح در حال مرتب کردن بودم، هنوز کلی وسیله و اسباب بازی کنار و زیر مبل‌ها ریخته بود. انگار هر چه تمیز می‌کنی تمام نمی‌شود.

شوهرم از خستگی خوابش برده بود. از وقتی که برگشته بود به جز چند کلمه با هم صحبت نکرده بودیم. قهر نبودیم اما حرفی هم برای گفتن نداشتیم. خیلی وقت بود که زیاد با هم حرف نمی‌زدیم...(یعنی پیش نمی‌آمد.) احساس تنهایی و خستگی می‌کردم، کلافه بودم، حتی حوصله خوابیدن هم نداشتم. روی مبلی که روبروی پنجره حیاط بود نشستم و به باریکه نوری که از پرده عبور می‌کرد چشم دوختم. زندگی‌ام را مرور کردم. خاطراتم مثل فیلم از جلوی چشمم می‌گذشتند. خیلی کوچک بودم که پدرم از دنیا رفت و مادرم به تنهایی من را بزرگ کرد. وقتی بچه بودم فکر می‌کردم زمانی که بزرگ شوم همه‌ی تنهایی‌ها و غصه‌ها تمام می‌شوند، اما الان سی ساله بودم؛ چیز خاصی تغییر نکرده بود به غیر از ظاهر من...

تنهایی‌ها و غصه‌ها همه بودند، تازه از مادرم هم دور بودم. شوهرم بود اما انگار نبود، پسرم هم فقط می‌توانست وسایل و اسباب بازی‌هایش را بریزد، گریه کند و نگذارد در طول روز ثانیه‌ای استراحت کنم. پول به اندازه‌ای داشتیم که بتوانیم زندگی‌مان را بگذرانیم. اتفاق دیگری نبود، همه چیز به طور مسخره‌ای یکنواخت شده بود و مطمئن بودم که دیگر هیچ چیز تغییر نمی‌کند. یعنی بهتر نمی‌شود، بدتر را نمی‌توان پیش‌بینی کرد.

یادآوری این‌ها باعث شد مثل همیشه اشک از چشمانم جاری شود. زیر لب گفتم: «خسته شدم، از این زندگی یکنواخت تکراری خسته شدم.» احساس آدم‌های پیر را داشتم. دلم می‌خواست همه چیز جور دیگری بود. واقعاً دیگر نمی‌خواستم به این مسیر تکراری مسخره ادامه دهم. فکر کردن به این جمله‌های تکراری و مرور نداشته‌ها و آرزوهای ناکامم، گریه‌ام را ادامه دار کرده بود.

چه آرزوهایی داشتم، بچه که بودم گمان می‌کردم چه سی سالگی جذابی خواهم داشت. قرار بود همه دنیا به کام من باشد اما افسوس که هر چه بزرگ‌تر شدم مشکلات هم با من قد کشیدند و ناامیدی و ترس هم قوی‌تر شدند.

همین‌طور گریه می‌کردم و به پنجره‌ی تزیین شده به نور مهتاب چشم دوخته بودم که انگار نور مهتاب شدیدتر شد و هال داشت روشن‌تر می شد. اشکم از ترس خشک شد. سریع بلند شدم تا به سمت اتاق فرار کنم و بخوابم. آخر دیروقت بود و همین را کم داشتم که میان آن همه غصه و گریه ترس هم اضافه شود. هنوز به راهرویی که به اتاق خواب منتهی می‌شد نرسیده بودم که صدایی من را سرجایم میخ‌کوب کرد. یکی اسم من را صدا زد. آن موقع از شب، میان تاریک و روشن هال، کسی آرام گفت: «ساحک»

مثل مجسمه ایستاده بودم. حتی جرات نداشتم برگردم و به پشت سرم نگاه کنم. پاهایم از ترس یک قدم هم نمی‌توانستند بردارند. شوهرم که خواب بود؟!

ثانیه‌های سنگین و ترسناکی بر من گذشت تا اینکه همان صدا دوباره صدایم کرد. اما این بار متفاوت و با لحنی مهربان و آشنا. اسمم را با پسوندی گفت که باعث شد توی قلبم خالی شود، ترس را فراموش کنم و برگردم به پشت سرم نگاه کنم. صدا اینگونه صدایم کرد:

ـ ساحک... بابا...!

خیلی سال بود که کسی اینطور صدایم نمی‌کرد. دلم خیلی برای این صدا تنگ شده بود. چه سال‌هایی که منتظر شنیدنش بودم. به خودم جرات دادم و برگشتم و به پشت سرم نگاه کردم. خودش بود، درست شبیه همان عکسی که همیشه توی اتاقم داشتم. اما انگار همه بدنش نور بود، مثل تصاویر هولوگرافیک. چند وقت قبل در تلویزیون دیده بودم که با استفاده از تکنولوژی هولوگرام می‌توانند تصاویر افراد را طوری پخش کنند که انگار در آنجا وجود دارند. تصویر پدر من هم اینگونه بود!

با دیدنش ترس رفت، مطمئن شده بودم که خواب می‌بینم. گفته بودم که پدرم را در کودکی از دست داده‌ام. خیلی خوشحال شدم که توانستم بعد از این همه انتظار خوابش را ببینم. به تصویر نورانی‌اش زل زده بودم. لب‌هایم قفل شده بودند و فقط نگاهش می‌کردم.

این بار که صدا و تصویر با هم بودند گفت: «خوبی بابا؟»

دلم می‌خواست حرف بزنم، از تمام آن سال‌ها که نبودگله کنم. همه اتفاقات را تعریف کنم اما نمی‌دانم چرا نمی‌توانستم حتی لب‌هایم را تکان دهم. گفت: «نیازی نیست حرفی بزنی. من همه را می‌دانم. این تویی که خیلی چیزها را نمی‌دانی. شاید بهتر است بگویم فراموش کردی. برای همین هم من اینجام. آمده‌ام تا یادآوری کنم خیلی ناامیدانه سپری می‌کنی و این اصلاً خوب نیست. اینطوری پیش بروی نمی‌توانی برگردی و همه چیز خراب می‌شود.»

با شنیدن این جمله‌ها با خودم فکر کردم: «چه می‌گوید؟ چه چیز را خراب می‌کنم؟ کجا نمی‌توانم برگردم؟ اصلاً چیزی خوب هست که من خرابش می‌کنم؟»

گفت: می‌دانم یادت نیست، مهم‌ترین ویژگی در زمین فراموشی است. هرچه از شروع آن می‌گذرد کمتر به خاطر می‌آوری که چه بود و چه شد... فراموش می‌کنی که برای چه اینجا هستی، قبل از آن کجا بودی و بعد به کجا برخواهی گشت. شنیدن این جملات آیه‌های کتاب مقدس را در ذهنم پررنگ کرد «همه از خداییم و به سوی خدا باز می‌گردیم.» گفت: توکه این آیه را به یاد داری. چه طور فراموش کرده‌ای؟

همه این سال‌ها یکی از بزرگترین آرزوهایم دیدن پدرم توی خواب بود. حالا که نمی‌دانم خواب بود یا فقط رویا؛ دلم نمی‌خواست تمام شود...

آرام به سمتش رفتم نزدیک همان باریکه نورکه از پنجره می‌تابید. انگار همراه با آن نور آمده بود. گفتم: «من چیزی را فراموش نکردم. شاید خاطراتت خیلی پررنگ نیستند اما همه‌ی این سال‌ها عکست توی اتاق من هست و حتی یک روز را بدون یاد تو و صحبت کردن با آن قاب عکس سپری نکردم.»

با لبخند مهربانی که من همیشه حسرت دیدن آن را داشتم گفت: «می‌دانم عزیزم. من هم همیشه کنارت بودم و هستم. مطمئنم که حس کردی اما منظورم فراموش کردن خودم نبود. بیا کنار من، اینجا توی نور بایست می‌خواهم تلاش کنم تا شاید بتوانی چیزهایی را به خاطر بیاوری. نمی‌توانم اینگونه تو را تنها بگذارم.»

نزدیکش شدم. نزدیک نزدیک. همان جایی که همیشه آرزو داشتم توی همه مشکلات به آن پناه ببرم. تقریباً هم‌قد بودیم. دستم را دور گردنش گذاشتم چشمانم را بستم و خودم را رها کردم.

خدای من چه آرامشی، اگر این آغوش را این همه سال از من نمی‌گرفتی، این‌قدر در مشکلات و غصه‌ها بی‌تاب نبودم. هیچ جسمی نبود اما من غرق در آرامش شده بودم آن هم من که خیلی وقت بود حتی توی خواب آرامش را تجربه نکرده بودم.

ـ ساحک... ساحک...

با شنیدن اسمم به خودم آمدم. گمان کردم که صبح شده و باید بیدار شوم. ناراحت بودم اماکمی هم آرام‌تر از همیشه چشمانم را باز کردم اما هنوز توی خواب بودم انگار خوابم عمیق‌تر شده بود. چشمانم را که باز کردم همه جا به شدت روشن و نورانی بود و به غیر از نور چیزی دیده نمی‌شد. مثل آدم‌هایی که عمل بینایی انجام داده‌اند، چشم‌هایم را به هم فشار دادم و چند باری باز و بسته کردم تاکمی شرایط عادی شد. سعی کردم با دقت بیشتری نگاه کنم.

خدای من خیلی جالب بود! آرام آرام از میان نور تصاویر پیدا می‌شد!

درخت‌ها و دشتی پر از گل‌های رنگی، آسمان آبی و پرندگان زیبا، انواع درختان و گل‌های رنگارنگ در کنار هم فوق‌العاده‌ترین تصویر را از طبیعت به نمایش گذاشته بودند. با بهترین جنس رنگ و نور، زیباترین تصویری که من در عمرم دیده بودم ایجاد شده بود. باورتان نمی‌شود انگار همه طبیعت را یک جا جمع کرده باشید. واقعاً بهشت بود. اگر قرار بود بهشت وعده داده شده را بازسازی کرد مطمئنم همین‌گونه می‌شد.

من که محو تماشای اطراف بودم گفتم: «چقدر اینجا زیباست. خدا رو شکر یعنی بعد از مرگ به بهشت رفته‌ای؟» لبخندی زد و گفت: «ما به بهشت نمی‌رویم بلکه باز می‌گردیم. اما نه؛ اینجا بهشت نیست تو در کالبد زمینی هستی نمی‌توانم تو را جایی ببرم.»

- پس اینجا کجاست؟

- جلوی پنجره در خانه تو.

- با تعجب پرسیدم «خانه من؟»

گفت: «اینجا همان نقطه از زمین است اما با باور من. تو از باور من نگاه می‌کنی. زمین مجموعه‌ای از باورهاست. ما طوری فکر می‌کنیم، می‌بینیم، حرف می‌زنیم و عمل می‌کنیم که باور داریم. این خاصیت زمین است. به هرچه باور داشته باشی وجود خواهد داشت.»

- نگاه کن چه برف زیبایی می‌بارد!

- با لبخند پرسیدم: آسمان آبی و برف؟

- دستت را دراز کن و ببین.

دستم را دراز کردم، راست می‌گفت! دانه‌های سفید و پنبه‌ای برف آرام روی دستم نشست. از تعجب دهانم باز مانده بود. نگاهم کرد و گفت:

- زمین است دیگر. به هرچه باور داشته باشی، وجود خواهد داشت. به همین آسانی. اما امان از وقتی که دنیایت را با ترس و ناامیدی و گریه همراه کنی، مثل الان تو، این چه دنیایی است که برای خودت درست کرده‌ای؟! اصلاً تا به حال فکر کرده‌ای که هستی؟

فقط نگاهش کردم. جوابی به ذهنم نمی‌رسید سوال عجیبی بود. خوب من ساحک بودم دیگر.

گفت: مطمئن باش صورتت نیستی، که حتی بدون اختراع آینه نمی‌توانستی آن را ببینی. شغلی که هر لحظه می‌توانی تغییرش بدهی هم نیستی. لباس و وسایلی که هرچند وقت خریده و تعویض می‌شوند هم نیستی.

سپس با نگاه نورانی و جدی ادامه داد:

- ساحک؛ تو دقیقاً چیزی هستی که باور داری. ما در رحم مادر به وجود نمی‌آییم و در خاک مدفون نمی‌شویم. این فقط اتفاقی است که برای کالبد زمینی

ما می‌افتد. تا به حال شده جایی باشی که خودت نباشد؟

با تعجب پرسیدم: خودم؟

- بله؛ خودت. همانی که وقتی چشم‌هایت بسته است و ارتباطت با همه‌ی زمین قطع می‌شود، در خواب و رویا همیشه هست. همان که به آن می‌گویی «من». «من» همیشه با توست. قبل از رحم مادر هم بوده اما با زمینی شدن فراموش می‌کنیم. البته شاید گاهی به نفع‌مان باشد که خیلی چیزها را به خاطرنیاوریم. شاید نتوانی به یاد بیاوری که چه شد زمینی شدیم اما به خاطر داشته باش که قرار نیست زمینی باشی، بزرگ شوی، کارکنی، خانه و ماشین بخری، بچه‌دار شوی و بمیری.

دقیقاً مشکل زمانی آغاز می‌شود که احساس زمینی بودن می‌کنیم. آن وقت است که باور ما محدود می‌شود. فراموش می‌کنیم که قدرتمند هستیم. برای هر چیز کوچک زمینی غصه می‌خوریم، ناراحت می‌شویم، می‌ترسیم و گریه می‌کنیم. اینها دشمن باور ما هستند و آن را ضعیف می‌کنند. زمانی می‌رسد که به دست آوردن ساده‌ترین چیز در زمین می‌شود بزرگ‌ترین مشکل ما.

پرسید: می‌دانی ساده‌ترین چیز در زمین چیست؟

گفتم: نه، چیز ساده‌ای وجود ندارد. برای به دست آوردن هر چیز باید جنگید.

با حسرت گفت: دقیقاً برعکس، ساحک ساده‌ترین چیز در زمین شاد و آرام بودن است. زمین طوری آفریده شده که می‌توان همیشه شاد بود و در آرامش سپری کرد فقط باید باور داشته باشی. وقتی شاد و آرام هستی به دست آوردن تمام خواسته‌های دیگر آسان است. کافی است که بخواهی آنگاه اتفاق خواهد افتاد. اما زمانی که باورت ضعیف است و دنیایت سرشار از ناامیدی و ترس و حسرت و غم است هیچ‌گاه شاد و آرام نیستی و در زمین بدون آرامش هیچ چیز نخواهی داشت.

چه می‌کنی با باورت ساحک؟ چرا باورت را سرشار از ناامیدی کردی؟ «من» قدرتش را از باورهایش می‌گیرد. یک «من» با باور ضعیف نه در زمین قدرتمند است

و نه می‌تواند به جایگاه اصلی‌اش برگردد. همه‌ی «من»ها انشعابات منبع عظیمی هستیم که مدتی در کالبدی زمینی قرار داریم. باید سعی کنیم قدرت «من» را بیشتر و بیشتر کنیم تا بتوانیم به منبع اصلی بازگردیم. طبق همان آیه که به یاد داشتی.

گیج شده بودم اما حرف‌هایش درست و جالب به نظر می‌آمد. پرسیدم: چه طور «من» تقویت می‌شود؟

- به زندگی خوب نگاه کن. وقتی کنار خانواده‌ات هستی، زیبایی طبیعت در فصل بهار، خوردن میوه‌های تابستانی، قدم زدن در باران و روی برگ‌های رنگارنگ پاییزی و بارش برف سفید، دشت‌ها و جنگل‌های سرسبز، دریای آرام و آبی و... در کنار همه اینها حال خوبی داری و این‌گونه «من» تقویت می‌شود. یا حتی زمانی که با دوستانت صحبت می‌کنی و می‌خندی، به کسی هدیه‌ای می‌دهی و او را شاد می‌کنی، به نیازمندی یاری می‌رسانی و رضایت او را می‌بینی، وقتی عاشق می‌شوی، نوزادی را به دنیا می‌آوری، وقتی می‌توانی کاری انجام دهی و تحسین همگان را مشاهده کنی.

زمین سرشار از بهانه‌هاست تا «منِ» تو را تقویت کند و در شادی و آرامش نگه دارد. آن وقت تو با مرور ترس‌های بیهوده یا بررسی خاطرات گذشته و حتی غصه خوردن برای آینده‌ای که هنوز نیامده، «من» خود را ضعیف می‌کنی و در سیاهی و ناامیدی نگه می‌داری؟ حاصل ناامیدی فقط ناامیدی است. شادی و آرامش در زمین درست مثل لیوان آبی است که همیشه در نزدیکی تو قرار دارد. کافی است دستت را دراز کنی و آن را برداری. حتی وقتی در سیاهی ناامیدی گیر کرده‌ای و نمی‌توانی لیوان را ببینی، اگر فقط دستت را دراز کنی می‌توانی آن را به دست آوری. لیوان همان جاست درست در نزدیکی تو. وقتی در ناامیدی هستی و نمی‌توانی شادی را ببینی باور می‌کنی که وجود ندارد و حتی دستت را برای برداشتنش دراز هم نمی‌کنی. به همین سادگی.

هر روز کمتر به یاد می‌آوری که لیوان کجا بود و شاید روزی باور کنی که اصلاً

لیوانی وجود نداشت. اما حقیقت این است که شادی درست مثل همان لیوان همیشه هست. این قانون زمین است. وقتی لیوان در نزدیکی تو باشد دیگر جایی نمی‌رود حتی اگر در تاریکی باشی و آن را نبینی و شادی نیز همیشه وجود خواهد داشت حتی اگر باور نداشته باشی.

به جای پیداکردن هزار دلیل برای غم فقط یک بهانه برای شادی پیداکن آن وقت خواهی دید تمام مشکلات خود به خود کنار می‌روند.

مشکلات از باور ضعیف و «من» ناامید به وجود می‌آیند. اگر می‌خوای مشکلی نداشته باشی و همیشه شاد بمانی هیچ‌وقت ناامید نشو. «زمان» در زمین قرار داده شده تا «من» ناامید نماند و مطمئن باشد که سختی و تاریکی لحظه‌ای بیش نیست. همین که بر باورت تکیه بزنی، سیاهی‌ها کنار می‌روند و تو همان «من» شاد و آرام خواهی بود که پادشاه زمین است و هیچ غیرممکنی برای او وجود ندارد.

ثانیه‌ای آرام نگاهم کرد و گفت: چشمهایت را باز و بسته کن.

همین کار را کردم اما رویایم تبدیل به کابوس شد. با باز شدن چشمهایم بالای قله‌ای با ارتفاع زیاد بودیم. تا چشم کار می‌کرد کوه بود و ابرهای سیاهی که حد فاصل بین کوه‌ها را پر کرده بود.

هوا به نظر سرد می‌آمد. ترسیده بودم و پرسیدم: «اینجا کجاست؟»

این بار کمی ناراحت پاسخ داد: «ما جایی نرفته‌ایم ساحک. هنوز در همان نقطه‌ایم، جلوی پنجره‌ی خانه تو اما این بار با باور تو. تو «من» خود را بالای قله در سیاهی و تنهایی نگه می‌داری. اطرافت را ببین. هیچ راه امیدی برای شادی قرار نداده‌ای.»

من که تا دقایقی پیش انگار در بهشت ایستاده بودم، تحمل جهنم از راه رسیده را نداشتم. با ترس گفتم: از اینجا خوشم نمی‌آید. برویم، برگردیم به باور تو.

گفت: «اینجا باور توست از دست من کاری ساخته نیست. تو باید ما را از اینجا ببری.»

با ناراحتی گفتم: «من نمی‌توانم. این جا هیچ راهی نیست خودت راهی پیدا کن.»

ـ حرف‌هایم را فراموش کرده‌ای ساحک؟ باور داشته باش. کافی است دستت را دراز کنی. همیشه راهی برای شادی و آرامش وجود دارد. سعی کن خوب نگاه کنی، نگذار سیاهی و ناامیدی مانع شوند.

با اینکه کابوس بود اما سرما را احساس می‌کردم. همه جا فقط کوه بود و ابرهای سیاهی که هر لحظه منتظر باریدن بودند. تا خواستم دوباره غر بزنم گفت: «باور داشته باش.» این جمله را خیلی تکرار کرده بود اما این بار انگار چیزی درونم لرزید. سرم را چرخاندم، در فاصله چند متری گل سفید و زیبایی توجه‌ام را جلب کرد. به طرفش رفتم، در آن ارتفاع مگر رویش گل ممکن بود؟! نزدیک گل که رسیدم چشمانم از شادی برق زد. فریاد زدم «پدر بیا... اینجا پلی وجود دارد، بیا راه را پیدا کردم.»

جالب بود که قبل از آن اصلاً متوجه آن پل نشده بودم. سراسر وجودم سرشار از شادی شده بود. حس زمانی را داشتم که شاگرد اول می‌شدم. پدر نورانی‌ام با لبخند به من نزدیک شد و گفت: می‌دانستم هنوز امید جایی در باورت وجود دارد. امید اصلی‌ترین دوست باور است و بهترین تقویت کننده برای «من» به حساب می‌آید.

با شادی گفت: «بیا، بیا بغلم، مطمئنم که دوباره برمی‌گردی.»

در صدایش آرامش عجیبی نهفته بود. این بار با لبخند بغلش کردم، بازهم همان احساس را داشتم و البته احساس سبکی می‌کردم.

ـ ساحک... ساحک... چرا این موقع از شب وسط هال ایستاده‌ای؟

صدای شوهرم بود. برگشتم؛ جلوی راهرو ایستاده بود و با تعجب به من نگاه می‌کرد.

گفت: خوبی؟ چیزی شده؟

من درست وسط هال جلوی همان پنجره و در باریکه نور مهتاب ایستاده بودم. اما حس خیلی خوبی داشتم. آرام بودم و هیچ چیز به نظرم بد نبود. چقدر از دیدنش خوشحال شدم. دلم برایش تنگ شده بود. انگار سال‌ها از هم دور بودیم.

آرام گفتم: «خوبم، داشتم می‌آمدم تا بخوابم.»

ـ خدا رو شکر. ترسیدم، فکر کردم اتفاقی افتاده.

به سمتش رفتم، بغلش کردم و گفتم: «خوبم، ببخشید نمی‌خواستم نگرانت کنم.»

با نوری که از لای پرده اتاق روی صورتم می‌تابید، بیدار شدم. برعکس همیشه احساس خوبی داشتم. روی تخت نشستم، از توی آینه میز روبرو، به خودم را نگاه کردم. به تصویرم توی آینه لبخند زدم و بعد از روی تخت پایین آمدم. به اتاق پسرم رفتم. هنوز خواب بود. عاشق صورتش توی خواب هستم. کمی پُف آلوده است. با دیدنش دلم قنج رفت و خدا را بابت داشتنش شکر کردم. با سه پنجره‌ای که داخل هال قرار داشت تقریبا نیازی به روشن کردن چراغ‌ها نبود. نور ملایم آفتاب از پرده حریر کرم رنگ عبور می‌کرد و با مبل‌های فیروزه‌ای ترکیب آرامش بخشی ایجاد کرده بود.

تا به حال این‌گونه به خانه‌ام نگاه نکرده بودم. حس کردم چه خانه کوچک و آرام و زیبایی دارم. حالم بی‌نهایت خوش بود. با وجود همه‌ی کارهای تکراری که باید انجام می‌دادم، هیچ حس بدی نداشتم. همه این‌ها به خاطر رویای دیشب بود؟ خواب بودم یا دچار توهم شده بودم؟ اصلاً اهمیتی نداشت. حرف‌هایش آرامش‌بخش و تأثیرگذار بود و خیلی درست به نظر می‌آمد. واقعاً چرا به خاطر اتفاقاتی که می‌توانستند فراموش شوند، همیشه خودم را می‌آزردم؟ چه کسی گفته بود که شادی را باید هدیه دهند؟ چرا خودم دست دراز نکنم و آن را برندارم؟ مثل دیدن زیبایی به جای زشتی.

وقتی صبح بیدار شدم هنوز اسباب بازی‌های پسرم درگوشه و کنار خانه وجود داشت اما به جای اینکه با دیدن آنها روزم را با ناراحتی و غر زدن شروع کنم با نگاه کردن به خانه‌ام در نور ملایم آفتاب به وجد آمدم. می‌توانستم با بازی کردن کنار پسرم و با دیدن خنده‌های معصومانه‌اش، شادی را به خودم هدیه دهم. می‌توانستم با مشاهده‌ی تلاش‌هایی که همسرم برای حفظ زندگی و آرامش ما به

جان می‌خرید به داشتنش افتخارکنم، به جای اینکه بر نداشتن مکالمه روزانه تمرکزکنم که آن هم می‌توانست بر اثر خستگی باشد و شاید مشکلاتی که با بیان نکردن آن باز هم علاقه‌اش به آرامش داشتن من را نشان می‌داد.

می‌توانستم با دیدن چهره‌ام در آینه شادمان باشم و از اینکه توانسته بودم مادر شدن را تجربه کنم و فرصت اینکه هر روز فرشته‌ای با لب‌ها و دست‌های کوچکش عشق را یاد آورم شود لذت ببرم. می‌توانستم از پختن غذای مورد علاقه‌ام و خوردنش درکنار خانواده کوچکم شاد باشم. با وجود مادری که با اولین علائم بیماری مسافتی طولانی را طی می‌کرد تا مراقبم باشد امنیت را به خود هدیه کنم. با داشتن دوستانی که می‌توانستیم ساعت‌ها خاطرات خوشی را بازگو کنیم و در آخر با کلی خاطره جدید و لبخند تا قرار بعدی خداحافظی کنیم، امیدوار باشم.

من می‌توانستم شاد و هدفمند برای زمان زمینی‌ام برنامه‌ریزی کنم و از لحظه لحظه آن لذت ببرم. نمی‌دانم چرا تا آن روز چیزهای به این سادگی راکه باعث خوشبختی من بود فراموش کرده بودم. خنده‌ام گرفت و با خودم گفتم: من که مشکلی ندارم برای چه این همه مدت ناامید و غمگین بودم؟ چراگمان می‌کردم که خوشبخت نیستم؟ جواب را می‌دانستم. فراموش کرده بودم که بزرگ‌ترین آرزو در زمین چقدر راحت به دست می‌آید و ما چه آسان از داشتنش محروم می‌شویم.

حقیقت این است که یک جسم هر چقدر هم بزرگ باشد از ذرات کوچک اتم تشکیل شده است. خوشبختی ما هم با هر ابعادی که تصورکنیم از ذرات شادی به وجود می‌آید. اگر این ذرات کوچک شادی را نبینیم و فراموش کنیم، خوشبختی را احساس نخواهیم کرد.

از زمانی که پدرم به دیدنم آمده دنیای من تغییرکرده است. شادی و آرامش به خانه و زندگی من وارد شده است. باور نمی‌کنید که چقدر دیر ناراحت و غمگین می‌شوم آن هم ثانیه‌ای بیشتر طول نمی‌کشد و همه به خاطر «امیدی» است که از آن شب رهایش نکرده‌ام. من به قدرت «امید» ایمان آوردم. جالب است که سناریوی

زندگی من تغییر نکرده. همان آدم‌ها، حوادث و روزها. اما دوربین ذهن من از زاویه‌ی دیگری برداشت می‌کند که زیباتر و شاد به نظر می‌آید. خیلی از مشکلات که ما احساس می‌کنیم درواقع اصلاً وجود ندارند. فقط باید تغییری در نگرش و زاویه دیدمان ایجاد کنیم. اگر خودمان بخواهیم آن مشکل وجود نخواهد داشت. به یاد دکتری افتادم که یک چشم نداشت. در ابتدای ورودم به اتاقش دقیقاً نمی‌دانستم چه طور باید به او نگاه کنم که این ضعف جسمی‌اش به رخ کشیده نشود و جالب این است که بعد از مدتی و حتی موقع خروج از اتاق اصلاً فراموش کرده بودم که ایشان یک چشم ندارند و این اتفاق زمانی می‌افتد که خود صاحب مشکل آنقدر به قدرت خویش باور دارد که می‌تواند چنین تاثیری روی دیگران بگذارد.

خواب بود یا رویا؛ نمی‌دانم اما آن شب نقطه عطف زندگی من بود. نقطه‌ی عطف در ریاضی ذره‌ای ناچیز است اما باعث تغییر بزرگی در نمودار می‌گردد و جهت آن را کاملاً برعکس می‌کند. دیدار پدرم نقطه عطف زندگی من شد. شاید خیلی ساده و مثل خیلی از آدم‌ها خواب پدر از دست رفته‌ام را دیده‌ام اما آن دیدار تأثیر عمیقی در «من» داشت.

بعد از آن شب هنوز گریه نکرده‌ام. (بابت چیزهای تکراری که قبلاً اشکم را جاری می‌کرد.) لحظه‌ای نا امیدی به سراغم نیامده. هرچه فکر می‌کنم یا می خواهم خیلی سریع اتفاق می‌افتد. بابت هیچ کدام از اتفاق‌هایی که قبلاً باعث می‌شد ساعت‌ها بِرَنجم حتی ثانیه‌ای غمگین نمی‌شوم. نمی‌دانم رویای پدرم «من» را قوی کرده یا باور حرف‌های پدر رویایی‌ام توانسته قدرت «من» را برگرداند. هرچه هست با شادی از خواب بیدار می‌شوم و تا شب کلی خاطره در ذهنم طراحی می‌شود و «من» انگار هر روز شادتر و آرام‌تر از دیروز است و مطمئنم اتفاقی نیست که تصمیم گرفتم این تجربه عجیب اما عالی را با شما در میان بگذارم.

قصدم کمک به سایر انسان‌هایی است که مثل چند وقت قبل من دچار یکنواختی زمینی شده‌اند. کسانی که شاید هنوز جایی در باورشان به قدرت

«امید» ایمان دارند. و شاید نوشته‌های من از طرف عزیزان از دست رفته‌شان باشد که نمی‌توانند آنها را در سیاهی ناامیدی تنها بگذارند و می‌خواهند به آنها بگویند «دوباره برگردید...»

قاصدک و ملخ

چشم‌هایم را که بازکردم با تعجب دیدم که توی یک دشت خالی‌ام. خالی خالی. دشتی که تا دیشب پر از قاصدک بود اما حالا فقط من در بین تمام آن ساقه‌های بی‌گل باقی مانده بودم. هنوز صدای حرف‌ها و خنده‌هایشان در گوشم می‌پیچید. چه طور ممکن بود که مرا فراموش کرده باشند؟!

اسم من ساحک است و از شانس بد تنها قاصدک روی کوتاه‌ترین ساقه دشت بودم. به همین خاطر نمی‌توانستم در روز موعود همراه باد بروم و قرار بود که قاصدک‌های کناری به من کمک کنند تا همه با هم به پرواز دربیاییم.

آنقدر ساقه‌ام کوتاه بود که حتی تا به حال دشتی که در آن قرار داشتیم را هم ندیده بودم. فقط از زبان دوستانم تعریف‌هایی شنیده بودم و در رویا برای خودم تصویری از دشت ساخته بودم. همه امید من به امروز بود. به روز موعود؛ روزی که

باد ما را از ساقه جدا می‌کرد و به پرواز در می‌آورد. تا امروز فقط برای داشتن ساقه‌ی کوتاه غصه می‌خوردم اما امید به پرواز، آرامش را به من باز می‌گرداند. اما حالا چه؟

تنهای تنها؛ در میان ساقه‌های عاری از قاصدک که هنوز مزاحم دید من بودند گیر کرده بودم. سراسر ناامید شدم. به جز غصه خوردن چه می‌کردم؟ دیگر نه دوستانی بودند و نه امید به روز موعودی. همه با باد رفته بودند و هیچ کدام به یاد من نبودند. باید آنقدر روی ساقه‌ی کوتاهم می‌ماندم تا تمام گل‌برگ‌های سفید ستاره‌ای‌ام از بین می‌رفتند.

نمی‌دانم تا به حال در این حس رها شده‌ای؟ ناامیدی مطلق؛ نه راه برای رفتن بود و نه امیدی برای ادامه دادن. در آن سکوت سنگین دشت خالی و در بین آن همه افکار ناراحت کننده که روحم را در آغوش گرفته بود، صدایش را شنیدم!

- تو چرا نرفتی؟!

نگاه که کردم ملخ سبز رنگی را دیدم که روی ساقه کناری چسبیده بود و زل زده بود به من. تا به حال هیچ جانوری متوجه من نشده بود و با من صحبت نکرده بود! با غصه گفتم: نمی‌دانم همه رفتند و من را تنها گذاشتند. من به تنهایی نمی‌توانستم. قرار بود... بغض جلوی ادامه‌ی صحبتم را گرفت. به من نگاه کرد. حتماً دلش برایم سوخته بود. گفت: مشکلت چیست؟ اینکه نمی‌توانی از ساقه جدا شوی؟

گفتم: اینکه نمی‌توانم از ساقه جدا شوم و تازه باد هم رفت و همه را برد و تا وزشی دیگر من از بین خواهم رفت.

پرسید: چه فرقی دارد؟ اصلاً همین جا بمان. چرا اینقدر مهم است که بروی؟ بیرون از این ساقه‌ها هم خبری نیست. تا چشم کار می‌کند دشت است.

با صدای بغض آلود گفتم: من هنوز دشت را ندیده‌ام. من قاصدکم باید پرواز کنم و رها باشم. ما قاصدک‌ها به هر سو می‌رویم و همه از دیدن ما شاد می‌شوند. این انصاف نیست که من روی ساقه‌ام بپوسم. نمی خواهم دنیایم محدود به ساقه‌های اطرافم باشد و آرزویم عبور جانوری که چند کلمه با من صحبت کند. چند

ثانیه‌ای سکوت کرد و بعد گفت: اگر تا این حد برایت اهمیت دارد، کمکت می‌کنم.

به یک لحظه وجودم از شادی گرم شد و با صدایی آرام اما امیدوارم گفتم: واقعاً می‌توانی؟! این کار را انجام می‌دهی؟! گفت: فقط ممکن است کمی دردناک باشد. چون مجبورم با دندان از ساقه جدایت کنم. بدون تأملی گفتم: اصلاً مهم نیست اما بعد چه؟ گفت: می‌توانی همراه من بیایی. من تو را از بین این ساقه‌ها می‌گذرانم. باورم نمی‌شد؛ تا دقایقی قبل دنیا پیش رویم تمام شده بود ولی حالا از خوشحالی در پوستم نمی‌گنجیدم. گفتم: من آماده‌ام. شروع کن.

پرسید: راستی اسمت چیست؟

گفتم: ساحک.

نگاه مهربانی داشت بدون گفتن حرفی روی ساقه‌ام پرید، پاهای لاغرش را بر روی ساقه‌ام حس کردم. با دندان مرا از ساقه‌ام جدا کرد؛ از شوق و هیجان دیدار دشت و رهایی از بین آن ساقه‌ها به دردی که کشیدم اهمیت ندادم. مرا در دهانش نگه داشت و از ساقه‌ای به ساقه‌ی دیگر پرید تا اینکه به دشت رسیدیم.

درست همان‌طور بود که تعریف می‌کردند. یک پهنه وسیع سبز با تزئین طلایی آفتاب. آسمان آبی همراه با پرنده‌ها و پروانه‌ها در کنار گل‌های رنگارنگ. همان‌گونه بود که همیشه تصور می‌کردم. بسیار زیبا و رویایی بود. از ته قلب خدا را بابت دیدن این لحظه شکر کردم.

ملخ می‌پرید و من محو تماشای زیبایی‌های اطراف بودم تا اینکه ایستاد و مرا روی علف‌های سبز رها کرد. سبزه‌ها کمی خیس بودند اما لم دادن روی آن‌ها حس دلنشینی داشت.

پرسید: دشت را دیدی؟

گفتم: بله؛ تو بهترین دوست منی. تمام آن قاصدک‌ها مرا رها کردند و خدا تو را برای من فرستاد. واقعاً ممنونم.

گفت: من بیشتر از این نمی‌توانم همراهت باشم. همان‌طور که می‌خواستی از میان

ساقه‌ها نجات پیداکردی. همین جا منتظر باش تا بادی بیاید و تو را همراه خود ببرد.

با نگاه غم‌آلود به چشمانش زل زدم و گفتم: اما ما می‌توانیم دوستان خوبی برای هم باشیم. می‌توانیم به همه جا سفر کنیم و دنیا را ببینیم.

گفت: تو قاصدکی! من فقط ملخم و برای سفرکردن آفریده نشدم! نمی‌توانم همه جا تو را همراه خودم ببرم. بهتر است همین جا از هم خداحافظی کنیم.

گفتم: خواهش می‌کنم تنهایم نگذار. من تازه تو را پیداکردم. تمام دوستانم رفته‌اند و من غیر از توکسی را نمی‌شناسم. هرکاری بخوای انجام می‌دهم. فقط نگاهم کرد. پرسیدم: اگر گنجشک بودی، همراه من می‌آمدی؟ با لبخندی که برای اولین بار بود بر لبانش می‌دیدم گفت: گنجشک؟! بله گنجشک بودم با هم به همه جا سفر می‌کردیم اما از شانس تو من فقط یک ملخم.

با اشتیاق نگاهش می‌کردم. در چشمانم برقی بود که او را وادار کرد بپرسد «نکند تو جادوگری؟!» (البته این جمله را باکنایه پرسید.) با شادی پاسخ دادم: جادوگر نیستم اما ما قاصدک‌ها می‌توانیم آرزوهای دیگران را برآورده کنیم. اگر تو بخواهی من می‌توانم تو را به گنجشک تبدیل کنم. البته برای خودم کمی دردناک است اما من برای شاد کردن آفریده شده‌ام. مهم تر اینکه نمی‌خواهم تو هم مرا تنها بگذاری.

این بار چشمان او برق می‌زد و گفت: واقعا؟! برای اولین بار است که چنین چیزی می‌شنوم. اگر راست می‌گویی من آرزو می‌کنم که یک گنجشک خاکستری باشم.

گفتم: از ته قلب آرزو کن بعد مرا با پاهایت نگه دار و چشم‌هایت را ببند و آن وقت به گل برگ‌هایم فوت کن.

این کار را انجام داد. تعدادی از گل برگ‌های ستاره‌ای‌ام جدا شدند. کمی دردناک بود و می‌دانستم که زشت شده‌ام اما با فکر خوشحال کردن دوستم و داشتن کسی که همراهی‌ام کند از درد و ناراحتی‌ام کاسته شد. چشمانش را بازکرد و دید که

گنجشک خاکستری رنگی شده. باورش نمی‌شد. با چشمان گردش به من نگاه کرد و بال‌هایش را باز و بسته کرد و فریاد زد: خدای من باورم نمی‌شود، من یک گنجشکم! چقدر زیبا شدم! ساحک ای قاصدک مهربان تو بهترین دوست من هستی هرگز تو را تنها نخواهم گذاشت. (جمله آخرش قلبم را لرزاند.) از خوشحالی مثل یک ملخ بالا و پایین پرید و بال‌های خاکستری‌اش را بازکرد و مرا با آن گل‌برگ‌های نصف و نیمه درآغوش کشید. برای اولین بار احساس کردم که یکی من را واقعاً دوست دارد. از اینکه او را اینقدر شاد می‌دیدم خیلی خوشحال بودم.

مرا با نوکش گرفت و به پرواز درآمدیم. بالا رفتیم. از آن ارتفاع، دشت زیباتر دیده می‌شد. این‌بار علاوه بر دشت به چشمان او خیره شده بودم. او هم محو تماشای دشت بود. هرازگاهی نگاه کوتاهی به من می‌انداخت و من با لبخندی از ته قلب پاسخش را می‌دادم. صبحم را با نا امیدی و غصه شروع کرده بودم اما حالا با بهترین و تنها دوستم درآسمان بالای دشت درحال گردش بودیم. چقدر دوستش داشتم. او بود که دنیایم را از نا امیدی نجات داد. اگر او نبود من هنوز وسط آن ساقه‌ها تنها بودم.

ساعتی با شادمانی پروازکردیم، تمام دشت را چرخیدیم. درنزدیکی جنگل روی تخته سنگی پایین آمدیم و من را روی سنگ گذاشت و بعد گفت: پرواز فوق‌العاده‌ای بود. ممنونم دوست من. اما من خیلی گرسنه‌ام. تو همین جا بمان تا من برگردم. حتی نمی‌دانم چه باید بخورم؟

با نگاهی موافقتم را اعلام کردم. او پروازکرد و رفت و من ماندم و خاطرات پرواز. بارها و بارها آن را مرورکردم. دیگر هدفم دیدن دنیا و شادکردن دیگران نبود. فقط می‌خواستم کنار او باشم و او را شاد کنم. به راه رفته‌اش خیره بودم. از دورکه آمد شناختمش. قلبم تند تند می‌زد. نزدیک من که شد گفت: خیلی منتظر ماندی؟

گفتم: نه، اصلاً مهم نیست تو سیر شدی؟

- بله، چیزهایی برای خوردن پیداکردم. حقیقتش هنوز به پرنده بودن عادت

نکرده‌ام. (همراه باگفتن این جمله خندید، من هم خندیدم.)

سپس ادامه داد: جاهای بسیاری مانده تا برویم. بعد از جنگل کوه است. کاش پرنده دیگری را آرزو کرده بودم آن‌وقت می‌توانستیم به پشت کوه‌ها برویم و دریا را هم ببینیم. وسعت آبی آب را. البته من هم مثل تو دریا را ندیده‌ام. فقط می‌دانم بسیار بزرگ است و تا چشم کار می‌کند آب وجود دارد. هنگام غروب که می‌شود توپ نارنجی رنگ خورشید آرام آرام به زیر آبیِ دریا می‌رود و می‌گویند لحظه وصال خورشید به دریا زیباترین تصویر دنیاست. اگر عقاب بودم می‌توانستیم غروب آفتاب را در کنار دریا تماشا کنیم.

حسرتی در کلامش بود. نمی‌دانستم دریا کجاست و دیدن غروب و لحظه وصال خورشید و دریا چگونه خواهد بود. اما می‌دانستم فقط می‌خواهم کنار او باشم و او را خوشحال کنم و حالا او یک آرزو داشت. مثل زمانی که دیدن دشت رویای من بود.

گفتم: خوب دوباره آرزو کن...

سکوت کرد. در اعماق چشمانش برقی دیده می‌شد اما با کمی تردید گفت: تو خیلی از گل برگ‌هایت را از دست داده‌ای، من نمی‌خواهم بیشتر از این به تو آسیب برسانم.

گفتم: اشکالی ندارد. تو می‌خواهی دریا را ببینی و من می‌خواهم در کنار تو باشم. مهم این است که ما هنوز دوستیم و تا همیشه با هم خواهیم ماند.

پذیرفت که دوباره آرزو کند. با پرهای نرمش مرا نگه داشت و چشمانش را بست و محکم بر من دمید. این بار بیشتر از دفعه قبل درد را احساس کردم. قوی‌تر شده بود و تعداد بیشتری از گل برگ‌هایم جدا شدند. شاید فقط تعداد اندکی برایم باقی مانده بودند اما من اصلاً به خودم اهمیت نمی‌دادم. چشمانش را که باز کرد چنان هیجان‌زده و خوشحال شده بود که برق چشمانش را می‌توانستی ببینی اما این بار همراه با غروری که در خور یک عقاب است. سعی کرد هیجانش را کنترل کند. با چشمان نافذش نگاهی بر من انداخت. به علامت تشکر سری تکان داد و لبخندی

به من زد. جذاب تر از قبل به نظر می‌آمد. دوباره قلبم لرزید. من آنقدر محو تماشایش بودم که از دست دادن گلبرگ‌ها و آسیب پذیری‌ام را فراموش کرده بودم.

مرا با منقار گرفت و پرواز کردیم. با آن بال‌های بلند و قوی به سرعت از زمین دور شدیم. هرچه بالاتر می‌رفتیم درختان جنگل و دشت کوچک‌تر به نظر می‌رسیدند. دیگر چیزی دیده نمی‌شد به جز رنگ‌های درختان و دشت که در هم ادغام شده بودند. پس از عبور از جنگل، کوه‌ها مقابل ما قرار داشتند. آرام آرام به سمت پایین رفت و روی خاک‌های پایین کوه فرود آمدیم. سعی کرد در چشمانم نگاه نکند و گفت:

- ساحک تو بهترین دوست من هستی. دلم نمی‌خواهد از من رنجیده شوی اما نمی‌توانم تو را با منقارم بگریم. برای عقابی مثل من خیلی خجالت‌آور است که یک گل آسیب پذیر را حمل کند. دیگران نمی‌دانند ما دوستیم فقط می‌بینند که عقابی ذره‌ای ناچیز را با منقار می‌برد.

ترسِ غمگینی وجود ظریفم را فراگرفت. گفتم:

- یعنی دیگر نمی‌خواهی با هم بمانیم؟! پس غروب دریا چه؟ قرار بود که...

حرفم را نیمه تمام گذاشت و گفت:

- نه، نه من و تو هنوز دوستیم فقط می‌خواهم تا دریا تو در چنگال‌های من باشی. اینطوری دیده نمی‌شوی و...

دیگر ادامه نداد. همین جملات هم قلبم را آزرده بود. شاید نخواست که بیشتر از این ناراحت شوم. او همه دنیای من بود و نمی‌خواستم غمگین باشد. قبول کردم در چنگال‌هایش بنشینم. آنجا شبیه به زندان بود. از اینکه نمی‌توانستم در مدت پرواز نگاهش کنم قلبم فشرده شد.

پرواز کرد، بالا و بالاتر رفتیم، خواستم از میان چنگال‌های زندان گونه‌اش به بیرون نگاه کنم و غافل از اینکه من با آن ظاهر لاغر و ضعیف از لای چنگال به راحتی رد می‌شدم. سرش به سمت بالا بود و داشت اوج می‌گرفت. صدای فریادهایم را نشنید و من به پایین افتادم.

اما مطمئنم به دریا که برسد متوجه نبود من خواهد شد و بر خواهد گشت.

- تو نمی‌توانی مرا به آن طرف کوه ببری؟

نسیم که تا به حال صبورانه به ماجراهای عجیبی که از صبح برایم اتفاق افتاده بود گوش می‌داد گفت:

- خودت که می‌دانی من نسیمم. قدرت عبور از کوه را ندارم اما می‌توانم تو را پیش بقیه قاصدک‌ها در دشت‌های اطراف و شهرهای نزدیک ببرم. هنوز مردمانی منتظر دیدن قاصدک‌ها هستند.

گفتم: اگر با تو بیایم دیگر هرگز او را پیدا نمی‌کنم. نمی‌توانم تصور کنم که دیگر او را نخواهم دید.

نسیم گفت: می‌دانم با شنیدن این جمله ناراحت می‌شوی اما شاید اصلاً بازنگردد! او حتی نمی‌داند کی تو را گم کرده و کجا باید به دنبالت بگردد. اگر نظر من را بخواهی او برنخواهد گشت.

با عصبانیتی که آغشته به اندکی ترس بود گفتم: چرا این‌ها رو می‌گویی؟ تو که او را ندیدی و نمی‌شناسی، او بهترین دوست من است، کسی است که من را از ناامیدی رها کرد. مطمئنم تنهایم نمی‌گذارد.

نسیم خواست دوباره حرفی بزند اما اجازه ندادم و گفتم: من کمکی نمی‌خواهم. تو برو. همین جا منتظرش می‌مانم و مطمئنم که برمی‌گردد.

نسیم که ذات آرامی داشت با لبخند و مهربانی گفت: معذرت می‌خواهم. نمی‌خواستم ناراحت شوی اما بهتر است که به پیشنهاد من فکر کنی و بعد تصمیم بگیری. تو یک قاصدکی. برای شادی دیگران آفریده شده‌ای. سال‌هاست که مردم با دیدن قاصدک‌ها امیدوار می‌شوند. تو نیمی از عمرت را در حسرت دیدار دشت بودی. بنابراین خود را با خاطرات و افکار پوچ محدود نکن. مرور گذشته چیزی جز حسرت ندارد و اگر قبل از دیدار دوستت عمرت پایان یابد غمگین و ناامید خواهی ماند. اما اگر با من بیایی؛ دوباره بر فراز دشت پرواز می‌کنی و دیگران با دیدن تو

شاد و امیدوار می‌شوند، حداقل همانطور می‌شود که قبلاً حسرتش را داشتی. شاید هیچ‌وقت دوستت را نبینی اما مثل الان لبریز از عشق و امید باقی خواهی ماند. می‌توانی مطمئن باشی که او دنبالت گشته و همیشه به دیدار دوباره‌اش امیدوار باشی. در گذشته ماندن امید و شادی را دور می‌کند. نیمی از عمرت را حسرت خوردی بقیه را متفاوت زندگی کن. برای عمری که چند روز بیشتر طول نمی‌کشد، حسرت و غم انتخاب مناسبی نیست. با من بیا و ببین که زندگی سرشار از اتفاق‌های خوب و تازه است. خدا را چه دیدی؟ شاید دوباره دوستت را هم پیدا کردی.

نسیم درست می‌گفت. من نیمی از زندگی‌ام را در حسرت و رویا به سر برده بودم و به امید روز موعود از کنار لحظه‌هایی که عمرم را می‌ساختند بی‌تفاوت عبور کرده بودم. روز موعودی که برخلاف تمام آن تصورات اتفاق افتاد و حالا هم می‌خواستم بقیه زمان باقی مانده‌ام را چشم به راه کسی باشم که حتی مطمئن نبودم برخواهد گشت!

به یکباره روزنه‌ی تازه‌ای از امید به روی من باز شد و تصمیمم را گرفتم. می‌خواستم تمام لحظه‌های آینده را زندگی کنم. با آنکه بیشتر گلبرگ‌هایم از دست رفته بود اما باید وظیفه‌ام را انجام می‌دادم و پیام عشق و امید را به همه می‌رساندم. شاید ظاهرم تغییر کرده بود اما «من هنوز قاصدک بودم...»

کابوس، واقعیت

باریکه نوری که از لابه‌لای پرده‌ی تنها پنجره اتاق وارد می‌شد، مسیر را طی کرد و مستقیم روی صورتش افتاد. بیشتر روزها، این‌گونه بیدار می‌شد. تلاش کرد چشم‌هایش را بازکند اما پرتو نور، آن‌ها را نشانه‌گرفته بود؛ پس از چند تلاش ناموفق با حرکتی سریع، روی تخت جابه جا شد و سعی کرد بنشیند؛ به بالشش نگاه‌کرد، جاذبه‌ای قوی او را به سمتش می‌کشاند اما به وسوسه ادامه خواب پیروز شد و از روی تخت به پایین آمد.

جلوی میز آرایش ایستاد؛ موهای فرو بلندش، نامرتب به نظر می‌آمدند؛ سعی کرد با حرکات دست کمی آراسته‌ترشان کند. اتاق مربع و دیوارهای آن با کاغذ دیواری طوسی روشن، پوشیده شده بود؛ درکنار تخت و میز آرایش سفیدش، تابلویی با گل‌های صورتی و بنفش که اتفاقاً قاب آن هم سفید بود، جلب توجه می‌کرد.

احتمالاً سعی کرده بود با استفاده از پرده حریر یاسی و روتختی سرخابی‌اش، به سردی دیوارها، تعادل بخشیده باشد.

توجّه زیادش به نظم، باعث شد قبل از خروج از اتاق، روتختی را مرتب کند، چندباری بر روی بالش‌ها کوبید تا شکل ظاهری مناسبی پیدا کنند و بعد آن‌ها را سر جایشان قرار داد؛ هنگام عبور از در نگاهش را به سمت تخت برگرداند تا از نظم آن، مطمئن شود. با لبخندی که حاکی از رضایتش بود، از اتاق بیرون آمد. به سراغ بچه‌ها رفت، هر دو در عمیق ترین حالت ممکن خوابیده بودند. دخترش باران تا ماه آینده چهارساله می‌شد و پسرش بارمان تقریبا شش ساله بود. پس از شستن دست و صورت، به آشپزخانه رفت. به دلیل پنجره بزرگی که در واقع در محسوب می‌شد، فضای آشپزخانه به پرنورترین و دلنشین‌ترین قسمت خانه تبدیل شده بود. کابینت‌های سفید با دستگیره‌های نقره‌ای زیر تابش نور خورشید، درخشان‌تر به نظر می‌آمدند. فرش مربع کوچکی به رنگ فیروزه‌ای در وسط قرار داشت. میز چهار نفره‌ی دایره‌ای شکل درگوشه آشپزخانه، کنار پرده فیروزه‌ای باگل‌های سفید بود.

طبق عادت هر روز، دکمه‌ی کتری برقی را پس از پرکردن آب در آن، روشن کرد و به سمت تراس رفت. در تراس حدود ده تایی گلدان وجود داشت که سه شمعدانی باگل‌های قرمز، صورتی و سفید بیشتر از همه خودنمایی می‌کردند. تراس کوچک بود و باگلدان‌های موجود، جایی برای عبور نمانده بود.

خانه آن‌ها در طبقه هشتم مجتمعی در شمال شهر قرار داشت که با ساختمان‌های کوتاه و بلند بسیاری احاطه شده بود. برای همین، هنگام خوردن شیر قهوه که صبحانه‌اش بود کنار پنجره می‌نشست و تصور می‌کرد، آن طرف شیشه جنگل سبز و دشت وسیعی قرار دارد که با کنار زدن پرده، می‌تواند آن‌ها را ببیند. از کودکی به خیالبافی معروف بود، حتی شاید بتوان گفت، این کار را استادانه انجام می‌داد. آنقدر زیبا و واقعی رویا بافی می‌کرد که گاهی تشخیص این دو برایش سخت می‌شد. گویا از این کار لذت می‌برد.

صدای قل‌قل آب جوش، سکوت آشپزخانه را بر هم زد. لیوانش را برداشت. دو قاشق قهوه، ۲ قاشق شیر بدون شکر به همراه آب جوش، محتویات لیوان و در واقع صبحانه‌اش را تشکیل می‌دادند که نوشیدنش، موجی از آرامش را به او هدیه می‌کرد.

حدود ده سالی از ازدواجش با سامان می‌گذشت. ازدواجی که با عشقی آتشین اتفاق افتاده بود. چهار سال طول کشیده بود تا بتوانند با هم ازدواج کنند. عشق آن دو در تمام محافل، چه فامیل و چه دوست، زبانزد بود. هر کسی که قصد توصیف رابطه عاشقانه‌ای را داشت، آن دو را مثال می‌زد. از نگاه او، سامان جذاب‌ترین، مهربان‌ترین و عاشق‌ترین مرد دنیا بود و به حس شوهرش نسبت به خودش اطمینان داشت. با مرور خاطرات عاشقانه و نوشیدن شیر قهوه‌اش، هر لحظه احساس خوشبختی بیشتری می‌کرد. آنقدر از حس خوشبختی لبریز بود که انگار در حال پرواز است. این حس روح را سبک می‌کند تا جایی که از نگاه کردن به اشیاء هم لذت می‌بری. مثل حس و حال الان ساحک. او که زنی حدوداً سی ساله بود با پوست گندمی، چشمان عسلی و موهای فر خرمایی، جز زنان زیبا به حساب می‌آمد و خودش هم به این موضوع واقف بود و این موضوع باعث می‌شد از احساس خوشبختی که سراپای وجودش را در برگرفته بود، مطمئن باشد.

پس از اتمام لیوان شیر قهوه‌اش، به سراغ محتویات یخچال رفت تا قبل از بیدار شدن بچه‌ها، ناهار آماده کند. آشپزی کاری نبود که با علاقه انجام دهد اما چون سامان به طعم غذا بسیار اهمیت می‌داد، در انجام این کار بیشترین دقت را می‌نمود.

با زمزمه آهنگ مورد علاقه‌اش، مشغول پختن ناهار شد. مرغ شکم پر، از غذاهای مورد علاقه سامان بود. به همین دلیل همیشه مرغی که شکم آن با سبزی پر شده باشد در فریزر موجود بود. کافی بود مرغ کاملا سرخ شود و در محتویات سس گوجه و پیاز داغ قرار گیرد، با اضافه کردن کمی آب نارنج، تعدادی آلوی بخارا و چند قطره زعفران و گذشتن سه تا چهار ساعت، این ناهار خوشمزه آماده می‌شد.

مشغول انجام مراحل پخت غذا بود که صداهای دلنشین کودکانه‌ای او را متوجه پشت سرش ساخت. باران و بارمان در حالی که دست‌های یکدیگر را گرفته بودند، با صورت‌های پف‌کرده از خواب، ابتدای آشپزخانه ایستاده بودند و به مادرشان نگاه می‌کردند. با لبخند به سمت‌شان رفت و گفت:

- صبح بخیر بچه‌های ناز من، خوشگل‌های مامان.

بعد کمی روی زانو خم شد و با باز کردن دست‌هایش، بچه‌ها را به آغوشش دعوت کرد. بچه‌ها به سمت مادرشان دویدند. بغل کردن فرزند، لذت‌بخش‌ترین حس در دنیاست، انگار تکّه‌ای از وجود خود را در آغوش گرفته‌ای. در آرامش آغوش‌شان غرق بود که صدای بارمان به آرامی شنیده شد:

- خفه شدیم مامان.

با سرعت آن‌ها را از خود جدا کرد و به صورت‌هایشان با دقت خیره شد و پرسید:

- حالتون خوبه؟ ببخشید بچه‌ها، اصلاً حواسم نبود که محکم بغلتون کردم.

و بعد ایستاد و با صدایی نسبتاً بلند گفت:

- تا من صبحانه را آماده می‌کنم، شما هم دست و صورت‌هایتان را بشویید.

بچه‌ها با دستان گره خورده در هم به سمت راهرویی که اتاق‌ها و سرویس بهداشتی در آن قرار داشت، رفتند و پس از ده دقیقه، هر دو با موهای شانه زده و صورت تمیز به آشپزخانه بازگشتند.

شیرگرم، نان، پنیر، کره و مربای آلبالو محتویات میز صبحانه بچه‌ها را تشکیل می‌داد. باران که هم‌چنان دستان بارمان را گرفته بود، با دیدن میز لبخندی زد و با صدای ظریف و کودکانه‌اش گفت: «آخ جون!»

و بعد دست بارمان را رها کرد و پشت میز نشست. بارمان هم در نزدیک‌ترین صندلی به خواهرش قرار گرفت و هر دو مشغول خوردن صبحانه شدند. ساحک که درگیر پختن ناهار بود، زیر چشمی، نگاهی به بچه‌ها انداخت و از شادی حضورشان، دلش قنج رفت.

بچه‌ها از مادرشان تشکرکردند و به اتاق رفتند. ساحک هم پس از تمام شدن کارش به اتاق خودش رفت. کتاب خواندن مهم‌ترین علاقه‌ی او بود و همیشه و در هر شرایط از آن لذت می‌برد. گاهی چنان در موضوع داستان غرق می‌شد که تا ثانیه‌ای زندگی خودش را به خاطر نمی‌آورد امّا هیجان این سردرگمی‌ها را دوست داشت.

ساعت به زمان بازگشت سامان نزدیک می‌شد. طبق عادت همیشه شماره آخرین صفحه خوانده شده را در ذهن تکرارکرد و کتاب را بست. آن را در قفسه چهار گوش کوچکی که به دیوار نصب شده بود، گذاشت. معمولاً کتاب‌هایی که در حال خواندشان بود را آن جا قرار می‌داد و آن‌هایی که خواندن‌شان تمام شده بود، در کمدی که درست زیر قفسه وجود داشت، می‌چید.

قانون‌هایی در خانه گذاشته بود و از رعایت کردن‌شان لذت می‌برد، مثل همین روند کتاب‌های خوانده شده و یا در حال خواندن. اما اگر به هر علتی قوانین خود ساخته‌اش، نقض می‌شدند، مثال گلوله‌ای در حال سوختن، عصبانی می‌شد. برای همین سه نفر دیگر اعضای خانواده، این قوانین را که بیشتر ریشه در نظم داشت، رعایت می‌کردند.

مثلاً کسی به جز او، جای وسایل را تغییر نمی‌داد، هنگام ورود باید کفش‌ها را کنار هم قرار می‌دادند و یا پس از بیدار شدن، اول روی تخت را منظم و مرتب می‌کردند. او عقیده داشت که این قوانین به زیبایی زندگی‌شان کمک می‌کند و از اینکه بچه‌ها و همسرش به نظر او احترام می‌گذاشتند، به خود می‌بالید.

به آشپزخانه بازگشت تا روی میز را برای ناهار آماده کند. سبزی تازه، سالاد، ترشی، لیوان و بشقاب و... همه را بسیار منظم چید. طعم غذای آماده شده را چشید و با لبخند زیر لب گفت: «عالی شده، مثل همیشه» و بعد خنده نسبتاً بلندی سر داد. موهایش را با کشی، بالای سرش جمع کرد و بدون شستن موها، دوش گرفت. پیراهن سبز تازه‌ای به تن کرد، عطر مورد علاقه‌اش را زد، رژ صورتی کم‌رنگی روی لب‌هایش کشید و با کشیدن مداد سیاه به چشمان عسلی‌اش جلوه

بیشتری داد. از پشت پنجره به خیابان نگاهی انداخت. هنوز بعد از ده سال، دیدن سامان تپش‌های قلبش را تندتر می‌کرد و او به این عاشقی می‌بالید.

ساعتی به انتظار گذشت. باید تا الان به خانه باز می‌گشت. گوشی تلفن را برداشت و شماره سامان را گرفت: «مشترک مورد نظر در دسترس نمی‌باشد.»

چندبار این کار را تکرار کرد اما همان صدا و جمله از تلفن شنیده شد. قلبش تند تند می‌زد، تپش‌های قلب خود را احساس می‌کرد اما این‌بار، نه از روی عشق بلکه از احساس نگرانی و دلشوره‌ای که وجودش را دربرگرفته بود. هزاران فکر به ذهنش خطور کرد، افکاری که حتی دوست نداشت به آن‌ها توجه کند، اما آن‌ها مانند طوفانی، ناگهان روحش را در هم تنیده بودند. ساحل آرام وجودش به شکل دیوانه‌واری طوفانی شده بود. تصورات و اتفاقاتی که ممکن بود رخ داده باشند، همانند شن‌های در حال پرواز در هوای ذهنش می‌چرخیدند.

آنقدر بی‌تاب بود که حتی نمی‌توانست بنشیند، مانند پرنده‌ای که تازه از آسمان گرفته و در قفس انداخته باشند. بارها و بارها شماره را گرفت، سرانجام صدایی ناآشنا پاسخ داد: «همسرتون بیمارستان هستند، همکارشان تصادف کرده و ایشان درگیر رسیدگی به اوست، نگران نباشید.»

سعی کرد خود را آرام کند. چند نفس عمیق کشید و با خودش تکرار کرد:

- مشکلی نیست، حتماً خیلی درگیر بود که نتوانست خودش جواب دهد، مطمئنم زود برمی‌گردد.

تلاش کرد با نفس‌های عمیق و تکرار جملات با انرژی مثبت، به تلاطم وجودش آرامش دهد. به یاد بچه‌ها افتاد. خیلی از وقت ناهار آن‌ها گذشته بود. به اتاق‌شان رفت و دید که هر دو در گوشه‌ای نشسته و دست‌های همدیگر را گرفته‌اند.

ساحک با صدایی که عصبانیت و ترس در آن موج می‌زند، به آرامی پرسید:

- شماها گرسنه نیستید؟ دنبال من بیاید غذا بخورید!

بچه‌ها همین طور که دستان‌شان در دست همدیگر بود، به همراه مادرشان به

آشپزخانه رفتند و بدون صحبتی غذای‌شان را خوردند و به اتاق بازگشتند. احتمالاً می‌دانستند که مادرشان در افکارش غرق است و سعی کردند آرامش ظاهری او را بر هم نزنند.

هر چه تلاش کرد، نتوانست چیزی بخورد. پس از ساعاتی انتظار و سرگردانی، صدای چرخیدن کلید در قفل او را از این حال رها ساخت. به سمت در رفت، سامان وارد شد، نگاه سریعی به صورت ساحک انداخت و سلام کرد.

ساحک منتظر بود سامان شروع به صحبت کند و توضیحی بدهد اما بدون گفتن کلمه‌ای به سمت اتاق رفت. ساحک که هنوز نگاه متعجّب خود را از روی سامان برنداشته بود، پشت سر او وارد اتاق شد، تلاش کرد آرامشی به لحن صدای عصبانی و نگرانش بدهد و پرسید:

ـ چی شده بود؟ نمی‌خواهی کمی در مورد دیرآمدنت، صحبت کنی؟

سامان با بی‌حوصلگی و سردی که ساحک را متعجّب ساخته بود گفت: «نه»

ساحک یخ زد، مثل اینکه سطل آب یخ را روی او ریخته باشی و زیرلب گفت:

«همین»

با صدایی بلندتر از قبل گفت:

ـ ناهارت را گرم کنم؟

سامان با همان حالت قبل پاسخ داد: «نه»

پاسخ سامان مانند ضربه نهایی بود که به ساحک زده باشند. بدون گفتن کلمه‌ای اتاق را ترک کرد و به آشپزخانه رفت. لب‌هایش بسته بود اما هزاران جمله در ذهنش خطاب به سامان می‌گفت. نتوانست طاقت بیاورد، پس به اتاق بازگشت و شروع به غرزدن کرد:

ـ به خاطر تو مرغ شکم‌پر پختم. کاش تماس می‌گرفتی، اگر من زنگ نمی‌زدم، نمی‌خواستی به من اطلاع بدی؟ فکر نکردی که نگرانت می‌شوم؟ اینکه من نگران بشوم، اهمیتی ندارد؟

تقریباً یک ربع ساعت به حرف‌هایش ادامه داد. در تمام این مدت سامان روی تخت درازکشیده و چشمانش را بسته بود. هیچ جوابی نمی‌داد و این باعث شد که شعله‌های عصبانیت ساحک بلندتر شود.

ساحک با عصبانیت و صدایی که تقریبا به فریاد شبیه بود گفت:

- چرا هیچ جوابی نمی‌دهی؟ انگار با دیوار صحبت می‌کنم!

سامان با همان سردی و بی‌تفاوتی، به آرامی گفت:

- بس کن! اتفاقی نیافتاده، تمومش کن.

- از نظر تو اتفاقی نیافتاده!

سامان روی تخت چرخید و پشت خود را به ساحک کرد و زمزمه‌وار گفت:

- باز شروع شد.

رفتار سامان، آرامش ظاهریش و سردی پاسخ‌هایش، ساحک راکلافه کرده بود. نمی‌توانست بفهمد که چرا ناراحتیش برای سامان اهمیتی ندارد؟

حس انسانی را داشت که زنده زنده در آتش می‌سوزد. نمی‌دانست چه باید بکند. چطور می‌تواند سامان را متوجه بی‌قراریش کند. چطور می‌تواند به راحتی درازبکشد درحالیکه او از شدت عصبانیت در حال ترکیدن است. به آشپزخانه رفت. فکر احمقانه‌ای به ذهنش خطورکرد، مثل بچه‌هایی که قصد جلب توجه دارند، چاقویی برداشت و به اتاق بازگشت. با صدایی که سامان را متوجه سازد، گفت:

- اینطورکه تو بی‌تفاوت و سرد هستی مطمئنم که اگر بمیرم هم برای تو اهمیتی ندارد!

بعد ازگفتن جمله‌اش منتظر واکنشی از طرف سامان ماند، سامان سرش را چرخاند، چاقو را در دست ساحک دید، اما بر خلاف تصورش با صدایی آرام گفت:

- مسخره‌بازی در نیار! دوباره دچار توهم شدی؟ تا کی می‌خواهی به این رفتار نامتعادلت ادامه دهی؟ به خاطر این رفتارت هست که با کسی رفت و آمد نمی‌کنیم. خودت هم متوجه شدی که تعادل روحی نداری؟ نه؟

ساحک با هر کلمه سامان درگرداب سیاهی که اطرافش را در برگرفته بود، فرو می‌رفت. نمی‌توانست حرف‌هایی که می‌شنود را باور کند، آن هم از زبان کسی که نزدیک‌ترین آدم زندگیش بود اما احساس می‌کرد که کیلومترها از هم دور شده‌اند. اتاق دور سرش می‌چرخید، حرکت کرد، نمی‌دانست کجا می‌رود. با آن حال پریشان و چاقویی در دست حتی متوجه نشد که چه زمانی به پاگرد ساختمان رسیده است. همسایه واحد کناری در را باز کرد، تا چشمانش به ساحک افتاد، زیر لب زمزمه‌ای کرد و به داخل بازگشت. ساحک می‌توانست صدای غرهای او را بشنود که می‌گفت: «باز این زن دیوانه شروع کرد.» این جملات سردرگمی‌اش را بیشتر کرد. حس کرد خودش را نمی‌شناسد.

«مگر من کی هستم؟ چرا همه این‌گونه راجع به من صحبت می‌کنند؟» در حالیکه این افکار در ذهنش تکرار می‌شدند به داخل خانه بازگشت. به اتاق بچه‌ها رفت. هر دو به زیر پتوی تخت بارمان رفته بودند و از ترس، هم‌دیگر را بغل کرده بودند. پتو را کنار زد، صورت‌هایشان خیس از اشک بود. به چشمان بچه‌ها نگاه کرد و پرسید: «شماها از من می‌ترسید؟ شما هم فکر می‌کنید من دیوانه‌ام؟ من مامان خوبی نیستم؟»

از سکوت و چشمان بارانی بچه‌ها، متوجه جواب سوال‌هایش شد. دریای طوفانی و پر از تلاطم روحش به یکباره تبدیل به کویری خشک و خالی شد. احساس تنهایی و غربت شدیدی می‌کرد. جلوی در اتاق بچه‌ها نشست. به چاقویی که در دستش بود، نگاه کرد. حس کرد به آنجا تعلق ندارد، خانه در مه فرو رفته بود. اشک‌هایش جاری شد. به دیوار تکیه داد، زانوهایش را بغل کرد و با صدای بلند گریه کرد. تا غروب آفتاب دو ساعت باقی مانده بود اما در نظرش خانه در تاریک‌ترین حالت خود قرار داشت. از زن شاداب و عاشق صبح، موجودی افسرده و تنها در راهرو باقی مانده بود. طراوات بهاری‌اش تبدیل به خزان شده بود. حتی نمی‌دانست به چه چیز باید فکر کند. به آرامی بلند شد. خانه‌ای که صبح

از نگاه کردن به آن لذت می‌برد، از قفس هم برایش کوچکتر شده بود. کسانی که نزدیک‌ترین و عزیزترین‌هایش بودند انگار کیلومترها از او فاصله گرفته بودند.

تحمل فضای سنگین خانه برایش سخت شده بود. لباس‌هایش را عوض کرد، سوییچ ماشین را برداشت و بدون گفتن کلمه‌ای، از خانه خارج شد. با آسانسور به پارکینگ رفت. پس از خروج از در آسانسور به سمت چپ چرخید و با برداشتن پنج قدم، به ماشین رسید. قبل از حرکت آهنگ مورد علاقه‌اش را با صدای بلند گذاشت. به غیر از او، دو تا از ساکنین مجتمع در پارکینگ بودند. صدای بلند ضبط ماشین توجه آن‌ها را جلب کرد، اما با دیدن ساحک، هر دو سکوت کردند و با حرکت دادن سرهایشان به مسیر خود ادامه دادند. مشاهده رفتار دیگران، حس تنهایی‌اش را افزایش می‌داد و باعث عصبانیت بیشتر او می‌شد.

این سوال که چرا دیگران از او فرار می‌کنند و حاضر نیستند با او بحث کنند، مدام در ذهنش تکرار می‌شد. پایش را روی گاز فشار داد و با سرعت زیاد پیچ پارکینگ را طی کرد و مانند راننده مسابقه، از مجتمع خارج شد. روشنایی خیابان، پس از تاریکی خانه و پارکینگ و همینطور سرعت بالایش هنگام خروج از پارکینگ، او را در آستانه تصادف با ماشینی که هم زمان در حال عبور از خیابان آن‌ها بود، قرار داد. خوشبختانه هر دو راننده عکس العمل درستی نشان دادند و مانع از وقوع حادثه‌ای شدند اما این اتفاق باعث نشد که ساحک از سرعت ماشین بکاهد و یا صدای موزیک که به صورت وحشتناکی بلند بود را کمی آهسته کند. فکر می‌کرد که تنها راه فرار از آن همه تلاطم، رانندگی با سرعت بالا و صدای بلند موزیک است، چون این کار قلبش را تندتر می‌تپاند و حس هیجانی به روحش وارد می‌کرد که می‌توانست کمی حال او را تغییر دهد.

حدود دو ساعت در خیابان‌ها چرخید. تاریک و روشن غروب بود. با روح و جسمی خسته و افسرده اما آرام به خانه بازگشت. برعکس خروجش از پارکینگ، ورود آرامی داشت، ماشین را پارک کرد و به سمت آسانسور رفت. پس از دقایقی

در باز شد، «خدا رو شکر خالی بود»، حوصله دیدن هیچ یک از همسایه‌هایش را نداشت. طبقه هشت را انتخاب کرد. در بسته شد. به دیوار آسانسور تکیه داد و به روبه‌رو خیره ماند. واحد آن‌ها درست روبروی آسانسور بود برای همین با باز شدن در متوجه زنی که جلوی در ایستاده بود، شد. او را نشناخت اما متوجه شد هرکه هست، منتظر اوست.

با صدای باز شدن در و قدم‌های ساحک، زن به پشت سرش نگاه کرد، نگاه‌هایشان در هم گره خورد، خواهرش سارا بود. عاشقانه خواهرش را دوست داشت. قبل از ازدواج زمانی که در خانه پدری‌شان زندگی می‌کردند، با هم اتاق مشترک داشتند. علاوه بر خواهر، صمیمی‌ترین دوستش هم محسوب می‌شد. با اینکه چند سالی از او کوچک‌تر بود، اما همیشه می‌توانست روی محبت‌هایش حساب کند. با همه این‌ها اصلاً از دیدنش خوشحال نشد چون دلش نمی‌خواست او را در این حس و حال ببیند.

سلام کرد، سارا به طرفش آمد، بغلش کرد و گونه‌اش را بوسید و گفت: «فکر می‌کردم خانه هستی؟ جایی رفته بودی؟»

سارا سعی کرد تا سوالش را بسیار محتاطانه بپرسد و ساحک متوجه این حس شد. دوباره افکار به ذهنش هجوم آوردند. احتمالاً سامان به او زنگ زده و از او خواسته تا بیاید و آشتی‌مان دهد، چون سارا و سامان رابطه صمیمانه‌ای داشتند و خیلی از مواقع، سامان برای برقراری آرامش از کمک سارا استفاده می‌کرد.

فکر احمقانه دیگری به ذهنش رسید: «شاید سارا هم فکر می‌کند که من تعادل روحی ندارم!» این گمان مانند ضربه‌ای دردناک به روح ساحک وارد شد و خشم و ناراحتی فرو خورده‌اش را بیدار ساخت، به چشمان میشی و مهربان سارا نگاهی انداخت و پرسید:

ـ سامان خواسته به اینجا بیایی؟

و بعد به نگاهش ادامه داد، معلوم بود که منتظر جواب است. سارا پرسید:

- سامان؟

کمی مکث کرد و ادامه داد:

- نه کسی با من تماس نگرفته، دلم هوای خواهرم راکرده بود، زنگ زدم جوابم را ندادی. بی‌ادبی کردم و بدون اطلاع آمدم، واقعا دوست داشتم ببینمت.

پس ازگفتن جملاتش، نگاه مهربان و لبخندی به خواهرش هدیه داد، حس محبتی که بین آن دو بود توانست تا حدودی از عصبانیت ساحک بکاهد. ساحک که مشغول پیداکردن کلید درکیفش بود، پرسید:

- چرا در نزدی؟ سامان و بچه‌ها خانه هستند.

سارا با احتیاط بیشتر از قبل که ساحک را متعجب می‌ساخت، به آرامی گفت:

-کسی خانه نیست.

این جمله طوفان را بازگرداند. به سرعت کلید را در قفل در چراخاند، کفش‌هایش را درآورد و بدون اینکه آن‌ها را جفت کند به طرف اتاق بچه‌ها رفت، سارا درست گفته بود، کسی در خانه نبود. به اتاق خودشان رفت، آن جا هم خالی بود. با صدای بلند بچه‌ها را صدا زد:

- باران... بارمان... کجایید بچه‌ها...

همین‌طورکه بچه‌ها را صدا می‌زد، تمام اتاق‌های خانه راگشت، حتی داخل کمدها و سرویس بهداشتی را نگاه‌کرد و بعد با نگاهی آغشته به ترس به طرف سارا آمد وگفت:

- نیستند! تو می‌دانی کجا رفتند؟

چشمان سارا را پرده‌ای از مه گرفته بود، لب‌هایش از بغض به آرامی می‌لرزید، هرکه او را می‌دید، مطمئن بودکه تا ثانیه‌ای دیگر،گریه را سر خواهد داد. اما سارا بغضش را فرو داد، لبخندی به لبان غم‌گرفته‌اش افزود وگفت:

- چرا نگران هستی؟ حتماً همراه سامان هستند. اینکه ترسیدن ندارد!

بعد به خواهرش نزدیک شد، محکم او را در آغوشش فشرد. مثل کسانی که

سالیان سال است، همدیگر را گم کرده‌اند و به تازگی ملاقات می‌کنند، به آرامی گفت:

- نمی‌خواهی برای خواهرت قهوه درست کنی؟

ولی ساحک همچنان گیج بود، حتی متوجه جملات سارا نشد و افکارش را بلند با خود تکرار می‌کرد:

- کجا رفتند؟ کاش نامه‌ای می‌گذاشتند! امروز سامان، آن آدم همیشگی نبود! چرا همه چیز عجیب شده و تغییر کرده!

سارا به ساحک نزدیک شد، خواهرش را که هنوز ایستاده و به نقطه‌ای خیره مانده بود، روی نزدیک‌ترین مبل نشاند و با صدایی نسبتاً بلند که او را از افکارش بیرون آورد، گفت:

- گمانم باید خودم قهوه درست کنم، بعید می‌دانم تو قصد پذیرایی از من را داشته باشی!

تلاش کرد، خنده‌ای مصنوعی به آخر جمله‌اش اضافه کند تا همه چیز عادی به نظر برسد. اما ساحک همچنان به نقطه‌ای خیره مانده بود.

سارا مشغول آماده کردن قهوه شد و با صدای بلند ادامه داد:

- راستی، مامان و بابا خیلی دلتنگت هستند، موافقی بعد از خوردن قهوه، سری به آن‌ها بزنیم؟

ساحک پاسخی نداد، شاید اصلاً صدای او را هم نشنیده بود، دقایقی بعد سارا با دو فنجان قهوه، روی مبل در کنار خواهرش نشست و تکرار کرد:

- شنیدی چه گفتم؟ به دیدن مامان و بابا برویم؟

ساحک صورتش را به طرف خواهرش چرخاند، نگاهی به چشمان او انداخت که تا عمق قلب سارا نفوذ کرد و بدنش را به لرزه انداخت. اما نگذاشت خواهرش متوجه شود و با لبخندی گفت:

- برویم؟

ساحک سکوت را شکست و گفت:

- سامان نمی‌خواهد من را ببیند؟ از تو خواسته تا من را ببری؟ ولی من بدون بچه‌هایم هیچ‌جا نمی‌آیم.

جمله آخرش را آنقدر قاطع بیان کرد که سارا متوجه شد باید طور دیگری خواسته‌اش را مطرح سازد. پرسید:

- من نمی‌دانم امروز چه اتفاقی افتاده؟ دلت می‌خواهد برای من تعریف کنی؟ هنوز دوستت به حساب می‌آیم؟ نه؟

نگاه مهربان سارا، ساحک را مطمئن ساخت که می‌تواند با او درد و دل کند، پس شروع به تعریف کرد:

- مثل همیشه بیدار شدم، ناهار را آماده کردم، صبحانه بچه‌ها را دادم، منتظر بازگشت سامان بودم، اما او خیلی دیر برگشت. اصلاً سامان همیشگی نبود، نمی‌دانی چقدر سرد و بی‌تفاوت شده بود، هنوز نمی‌دانم که چه اتفاقی افتاده که سامان چنین حرف‌هایی را به من زد...

به این‌جا که رسید، بغض فرو خورده‌اش با گریه‌ای نمایان شد و شروع کرد به گریه کردن. سارا او را در آغوش گرفت و گفت:

- عزیز دلم، گریه نکن. مگر چه گفت؟

- که من تعادل روحی ندارم، برای همین است که همه از من فرار می‌کنند. کسی با ما رفت و آمد ندارد، که من دچار توهم هستم. رفتار همه طوری است که انگار سامان درست گفته است. حتی بچه‌ها انگار کیلومترها از من دورند.

گویی ذهنش درگیر فکری شد، خودش را از آغوش سارا جدا کرد و با لحنی متفاوت پرسید:

- تو هم همین‌طور فکر می‌کنی؟

سارا به چشمان خواهرش نگاه کرد، دستی به موهایش کشید، گونه‌اش را بوسید و با مهربانی گفت:

- این چه حرفی‌ست که می‌زنی؟ تو بهترین و باهوش‌ترین آدمی هستی که من

می‌شناسم. تو همیشه الگوی من بودی. من با آرزوی اینکه مثل تو باشم، بزرگ شدم. فراموش کردی، چقدر می‌خواستم که برایم کتاب بخوانی یا اجازه بدهی دفتر شعر و داستانت را بخوانم...

دیگر نتوانست جلوی اشک‌هایش را بگیرد، ساحک را محکم در آغوش گرفت و گریه کرد.

حرف‌های سارا و خاطرات گذشته، کمی حال ساحک را تغییر داد، دلیل گریه‌های خواهرش را نفهمید اما او را از آغوشش جدا کرد و با لبخندی گفت:

- تو چرا گریه می‌کنی؟ من روز بدی داشتم و تو باید من را آرام کنی!

و بعد سعی کرد که با تغییر دادن حالت صورتش و لبخندی که کاملا مصنوعی بود، مانع ادامه گریه خواهرش شود.

سارا اشک‌هایش را پاک کرد و گفت: برویم؟

- کجا؟

- دیدن مامان و بابا؟

- نه، گفتم که سامان و بچه‌ها برمی‌گردند، من باید خانه بمانم، هر اتفاقی هم که افتاده باشد و هر حرفی هم که شنیده باشم، نباید آن‌ها را تنها بگذارم. حتماً دلیلی برای رفتار امروزش وجود دارد. تو که می‌دانی او عاشق من است. مطمئنم از رفتارش پشیمان است، شاید هم با دسته‌ای گل و کیک شکلاتی مورد علاقه‌ام، بازگشتند.

بعد طوری که انگار خودش، حرف‌هایش را باور کرده است، ادامه داد:

- بهتر است کمی به خودم برسم، دوست ندارم من را با این قیافه ببینند.

سارا که دیگر از بردن ساحک ناامید شده بود، گفت:

- پس اجازه بده من امشب اینجا بمانم، یاد گذشته افتادیم، دلم می‌خواهد بیشتر کنارت باشم.

ساحک پذیرفت و با گفتن: «هر طور که مایلی» به سمت اتاقش رفت تا به قول

خودش کمی به ظاهرش رسیدگی کند. ساراکه نقشه‌اش برای بردن ساحک با شکست رو به رو شده بود، پاکت سیگاری ازکیفش بیرون آورد و به سمت آشپزخانه رفت، از قوانین خانه ساحک اطلاع داشت، کسی داخل فضای خانه اجازه سیگار کشیدن نداشت. در تراس را بازکرد، هوا کاملاً تاریک شده بود، آسمان مهتابی همراه چراغ‌های روشن آپارتمان‌های شهر، منظره زیبایی به خودگرفته بود اما سارا نمی‌توانست از این زیبایی لذت ببرد. به ساحک فکر می‌کرد، چطور می‌توانست به او کمک کند؟ چطور به او یادآوری کند چه اتفاقاتی برایش پیش آمده است؟ ساحک حتی به خاطر نمی‌آوردکه سامان و بچه‌ها وجود ندارند...

بدون اینکه متوجه باشد سیگارش تمام شده است، همانجا ایستاده بود.

صدای ساحک او را از افکارش خارج کرد:

- نسوزی خانم دکتر! سیگارت تمام شده، تو هنوز سیگار می‌کشی؟

جمله آخر را باکمی اخم گفت همانطورکه باید خواهرهای بزرگ‌تر به کوچکترها تذکر دهند.

سارا لبخندی زد، سیگار خاموش شده بود اما برای اطمینان شیرآب را بازکرد باقی مانده سیگار را زیر آب نگه داشت، سیگار خیس شده را در سطل زباله انداخت و به آرامی گفت:

- نه، خیلی کمتر از قبل می‌کشم.

سارا دو سالی می‌شدکه در رشته روانشناسی فارغ التحصیل شده بود. از بچگی به این رشته علاقه داشت. کتاب‌ها و فیلم‌های مورد علاقه‌اش هم، در همین زمینه بودند و بسیار در کار خودش مهارت داشت. اما هیچ‌وقت فکر نمی‌کرد که روزی مجبور باشد از این حرفه برای عزیزترین کس خود کمک بگیرد. برای زندگی خواهرش که درگیرکابوسی وحشتناک شده بود.

زمستانِ گذشته بود، آن شب شوم که همه چیز را تغییر داد. ساحک با خانواده خوشبختش که همه حسرت زندگی‌شان را داشتند به ویلای جنگلی‌شان رفته

بودند. سامان که در شغلش ارتقا یافته بود، سعی داشت با سفری دو روزه، جشنی گرفته باشند. همه چیز به طور شگفت‌انگیزی عالی بود. هوای مه‌گرفته جنگل، انبوه درختان و طبیعت زیبا، غذاهای تازه و خوشمزه، بودن در کنار عزیزان و صدای خنده و بازی بچه‌ها، بهترین لحظاتی است که برای آن دو می‌توانست وجود داشته باشد. ساحک و سامان واقعاً خوشبخت بودند و به قول قدیمی‌ها، خوشی‌شان چشم خورد. ای‌کاش به جای دو شب، فقط یک شب مانده بودند. شب آخر، آن شب لعنتی که رویای زندگی ساحک را تبدیل به کابوسی ابدی کرد. فردای آن شب، ساحک با نور آفتابی که بر روی صورتش می‌افتد، از خواب بیدار می‌شود، از آن آفتاب‌هایی که در سرمای نیمه زمستان، مثل هدیه آسمانی می‌ماند. با شادی به آشپزخانه می‌رود. صبحانه را آماده می‌کند. قرار بود که پس از خوردن صبحانه بازگردند. روی میز را با عشق می‌چیند. شیرگرم، نان، پنیر، کره و مربای آلبالو.

بارمان و سامان عاشق شیرگرم و نان و پنیر بودند و باران دیوانه‌ی مربای آلبالو. پیرمردی که در همسایگی ویلای آن‌ها بود، هنگام حضورشان، هر صبح نان داغ محلی برای آن‌ها می‌آورد. ساحک به جلوی در می‌رود و نان تازه را بر می‌دارد. میز صبحانه آماده بود و فقط خانواده کوچک خوشبختش را کم داشت. به اتاق بچه‌ها می‌رود تا بیدارشان کند. در را باز می‌کند، هر دو در وسط اتاق در حالیکه دست‌هایشان در دست هم است، خوابیده‌اند. با باز شدن در قلب ساحک تندتر می‌تپد تا جایی که انگار از بدنش خارج می‌شود. در تمام اتاق بوی گاز پر شده است، دیگر چیزی در اختیار ساحک نیست با صدای بلند فریاد می‌زند:

- باران... بارمان...

فریاد می‌زند، بچه‌ها را در آغوش می‌گیرد، همچنان خوابیده‌اند اما چرا اینقدر سردند، بخاری اتاق که زیاد بوده است. بچه‌ها را رها می‌کند به طرف پنجره هجوم می‌برد. قفل پنجره گیر کرده و باز نمی‌شود. گلدانی که در گوشه‌ی اتاق قرار دارد را بر می‌دارد، شیشه پنجره را می‌شکند و دوباره فریاد می‌زند:

– بچه‌ها بیدار شید... تو رو خدا بیدار شید...

سامان در آستانه در ایستاده و به ساحک که با دستان خونی و گلدانی در دست، فریاد می‌زند، چشم دوخته است. اتاق از هجوم نسیم سرد زمستانی پر می‌شود. بوی گاز کمتری به مشام می‌رسد. ساحک سامان را نگاه می‌کند و این آخرین چیزی است که می‌بیند. همه چیز در تاریکی فرو می‌رود.

ساحک را همراه با اجساد بچه‌ها به بیمارستان می‌برند. هر بار که به هوش می‌آید، آنقدر بی‌تابی می‌کند که پزشکان مجبور می‌شوند مدام به او آرام‌بخش قوی تزریق کنند. پس از گذشت سه روز، حال ساحک بدتر می‌شود و سامان به اجبار با خاک‌سپاری بچه‌ها، بدون حضور مادرشان، موافقت می‌کند.

روزهای بسیار سخت و تاریکی، شروع شده بود. با نظر پزشکان و بر خلاف میل اعضای خانواده مخصوصاً سامان، ساحک را در بخش اعصاب بیمارستانی که سارا در آن مشغول به کار بود، بستری می‌کنند. به کمک دارو، آرام‌بخش و جلسات مشاوره، بی‌قراری‌های ساحک تمام می‌شود. اما در ساحک، اثری از آن زن پر از شور و نشاط، باقی نمانده است. همیشه ساکت می‌ماند و به نقطه‌ای خیره می‌شود.

پس از گذشت دو ماه در اوایل سال جدید، سامان با مسئولیت خودش، ساحک را به خانه بازمی‌گرداند. اما پس از گذشت چند روز ناگهان همه چیز تغییر می‌کند. ساحک همانند قبل از آن کابوس شوم می‌شود. پر انرژی از خواب بیدار می‌شود. رفتارهای عجیب و اغراق آمیزش، سامان را متعجب می‌سازد اما او که دلش برای همسر مهربان و زیبا و روزهای خوب و عاشقانه‌شان، تنگ شده بود، اعتراضی نمی‌کند و از ترس اینکه مبادا، ساحک را دوباره در بخش اعصاب بستری کنند، سعی می‌کند، رفت و آمدش را با دیگران و حتی خانواده‌هایشان به حداقل برساند و درباره رفتارهای ساحک سخنی به زبان نیاورد. او متوجه شده بود، ساحک با تصاویر خیالی که از بچه‌ها ساخته است، زندگی می‌کند. سامان به ناچار با او همراه می‌شود تا آرامش ساختگی زندگیش بر هم نخورد. کسی نمی‌دانست که آن‌ها چطور به این

آرامش رسیدند و درواقع کسی متوجه عذابی که سامان تحمل می‌کرد، نمی‌شد. اما پس ازگذشت سه ماه، سامان می‌فهمدکه رویاهای ساحک نمی‌توانند همیشه او را آرام نگه دارند و هرازگاهی که تناقض بین رویا و واقعیت نمایان شود، مثل زمانی که بچه‌های خیالی، پاسخی که ساحک انتظاردارد را ندهند یا رفتارشان تغییرکند، بسیارعصبی می‌شود و به وسایل خانه وگاهی حتی به خودش آسیب می‌رساند. همسایه‌ها به خاطر سر و صدا و رفتارهای عجیب ساحک، معترض شده بودند. شکایت همسایه‌ها و غیرقابل کنترل بودن رفتارساحک سامان را مجبورمی‌سازد تا سارا را درجریان توهمات ساحک قراردهد و ازاوکمک بگیرد. او خواهش می‌کندکه این رازبین آن‌ها بماند و به سارا می‌گوید:

- من عاشق ساحک هستم، نمی‌توانم او را دربخش اعصاب و با آن حال افسرده ببینم، او زن قوی و باهوشی است و ما باید به اوکمک کنیم تا سلامتیش را دوباره به دست آورد. نباید او را رهاکنیم تا بقیه عمرش را درتیمارستان بگذراند.

سارا هم‌که عاشقانه خواهرش را دوست دارد با سامان موافقت می‌کند وتلاش می‌کند بیشتروقتش را درکنارخواهرش سپری کند.

اماگویی دنیا نمی‌خواهد بگذارد ساحک با زندگی درتوهماتش هم آرامش را تجربه کند.

یک ماه قبل، درست درنیمه تابستان، درگرمای سوزان شهر، ظهریک روزسه شنبه، سامان درحال بازگشت به منزل، دچارتصادف می‌شود و ساحک را با توهمات وکابوسی‌که هرروزدرآن غرق می‌شود، تنها می‌گذارد.

سارا نمی‌داند چه باید بکند. به سامان قول داده بودکه ساحک را بیمارستان اعصاب برنمی‌گرداند، از طرفی خودش هم، طاقت دیدن خواهرش را در آن وضعیت ندارد. پریشانی و توهمات ساحک با مرگ سامان دو چندان می‌شود.

سارا خانواده را متقاعد می‌کند که صلاح نیست ساحک در مراسم سامان هم حضورداشته باشد و تمام ماه قبل را درکنارخواهرش و همراه با توهمات و

کابوس‌های هر روزه‌ی او سپری می‌کند. او در برزخی گیر کرده و راه فراری ندارد. چطور می‌تواند به این کابوس و بختک لعنتی که بر زندگی‌شان سایه افکنده پایان دهد؟ اگر به ساحک بگوید که سامان و بچه‌هایی که هر روز برای آن‌ها غذا می‌پزد و با آن‌ها حرف می‌زند خیالی هستند، چه بر سرش خواهد آمد. اگر نتواند تمام روز را درکنار ساحک باشد، مثل امروز، چه اتفاقاتی ممکن است رخ دهد. تازه تا کی می‌توان به این روال ادامه داد. سارا همچنان در افکار خود غوطه‌ور بود که دوباره صدای ساحک او را به دنیای واقعی بازگرداند.

- با سامان تماس می‌گیری؟ دلم براشون تنگ شده! بگو زودتر برگردند. من نمی‌توانم بدون آن‌ها بخوابم. سامان انسان منطقی است. لجبازی نمی‌کند.

ساحک به کمک حوله، موهای خیسش را بالای سرش بسته بود و پیراهن سفید راحتی به تن داشت، با چشمان زیبایش به او نگاه می‌کرد و با لبخندی مهربان که نشانه آرامشش بود منتظر پاسخ مانده بود. سارا با خودش گفت: «خدای من، چطور می‌توانم حقیقت را با او در میان بگذارم. تا کی می‌توانم با افراد خیالی ذهن او زندگی کنم و با آرام‌بخش از او مراقبت کنم. راهی پیش رویم بگذار. من با این زن زیبا و تنها چه کنم؟»

به صورت خواهرش نگاه کرد. دستانش را در دست گرفت و گفت:

- نگران نباش عزیزم، جای خوبی هستند و به آن‌ها خوش می‌گذرد.

ناگهان فکری در ذهنش جرقه زد، ساحک بسیار ذهن خلاق و باهوشی داشت. از بچگی همینطور بود. همیشه برای سوال‌های سارا، داستان‌های خیالی جالبی تعریف می‌کرد. آنقدر استادانه این کار را انجام می‌داد که گویی خودش در داستان‌ها، حضور داشته است. اصلاً شاید ساختن بچه‌ها و شوهر خیالی هم از همین ذهن خلاقش نشأت گرفته بود. ذهنی که همیشه او را به سمت امیدواری هدایت می‌کرد. در بدترین شرایط، دلایلی برای رهایی می‌بافت. همیشه در ناراحتی‌ها، شادی را پیدا می‌کرد. شاید نه حتماً، باکمک این توهمات خواسته به تنهایی و درد عمیقی

که روحش را شکافده بود، التیام بخشد. بهترین راه این است که از همین ذهن و داستان‌های ساختگیش برای پذیرفتن حقیقت استفاده کند. با روشنی که این فکر به تاریکی ذهنش هدیه کرد انگار در ژرفای این برزخ، باریکه نوری پیداکرده باشد، خوشحال شد و به آرامی ادامه داد:

ـ ساحک، یادت هست وقتی که بچه بودم و در مورد اینکه آدم‌ها ازکجا آمده‌اند و روی زمین چه می‌کنند، می‌پرسیدم؟ چه داستانی برایم تعریف می‌کردی؟

ساحک لبخندی زد. سوال سارا او را به یاد گذشته‌ها و صحبت‌های اینچنین‌شان انداخت. او همیشه از صحبت در مورد ذات و پیدایش انسان‌ها لذت می‌برد. بیشتر کتاب‌ها و فیلم‌های مورد علاقه‌اش هم، در این زمینه بود. گفت:

ـ تو دیگه الان خانم دکتری، بیشتر از من کتاب خوندی، داستان‌های من برای خواهر کوچکم بود. آن موقع‌ها با دقت به حرف‌هایم گوش می‌دادی و مطمئن بودی که هرچه بگویم، درست است.

و بعد با شادی خنده نسبتاً بلندی سرداد. ساراکه از حال پیش آمده خرسند بود، ادامه داد:

ـ دوست دارم داستانت را دوباره بشنوم!

ساحک با همان صورت خندان ادامه داد:

ـ ما اهالی زمین نیستیم، از جایی دور آمدیم، هیچ‌کس به خاطر ندارد که چه زمانی و به چه علتی به زمین فرستاده شدیم. من فکر می‌کنم مسابقه‌ای برگزار شد. زمین که در گوشه‌ی دوری از کائنات، زیبا و خالی افتاده بود، به عنوان مکان مسابقه انتخاب شد. کالبدی که بتواند با زمین و زیبایی‌هایش مرتبط‌مان کند در اختیارمان قرار گرفت. این کالبد قدرت‌های ما را محدود می‌کرد. چون تله‌هایی که در مسیر این مسابقه زمینی قرار داشت، بر روی آن تاثیرگذار بود. تله‌های مثل غم، حسرت، دروغ، ترس، خشم، حسادت و... که وظیفه داشتند، ما را ضعیف کنند.

ذات ما، قدرت مطلق کائنات است اما مجبور شدیم حقیقت خود را فراموش

کنیم، تا بتوانیم درکالبد زمینی، جای بگیریم. تا پایان مسابقه فرصت داریم حقیقت خود را به یاد آوریم تا این کالبد ضعیف را بشکافیم و به خانه بازگردیم. کسانی که در این راه موفق نشوند، یعنی نتوانند از تله‌های مسیر زندگی زمینی، رها شوند، قدرت خود را کاملاً فراموش می‌کنند و پس از اتمام زمان زمینی، نمی‌توانند به خانه بازگردند و جزئی از زمین خواهند ماند.

اما برای رهایی از تله‌ها باید از ضد تله استفاده کرد. انرژی‌هایی که از این ضد تله‌ها دریافت می‌کنی بسیار در به یاد آوردن ذات نورانی حقیقی ما موثر است. حتماً آن‌ها را به یاد داری؟

نگاهی به خواهرش که انگار در افکارش غرق شده بود، انداخت و با لبخند مهربانی ادامه داد:

ـ عشق، محبت، شادی، لبخند، آرامش... با داشتن این‌ها هیچگاه درگیر زمین نخواهی شد. به نظر من که هیجان‌انگیز است، نه؟

سارا بدون توجه به آخرین جمله ساحک که احتمالاً منتظر تایید آن بود، پرسید:

– اصلاً چرا این مسابقه برگزار شد؟ چرا ما خواستیم در آن شرکت کنیم؟

– شاید چون نور بودن بسیار لذت بخش بود. آرامش مطلق، عشق همیشگی و واقعی، همه چیز در بهترین حالت ممکن جاری بود.

وقتی همه چیز فراهم است، آرام هستی ولی این آرامش ذاتی است و تو به دستش نیاوردی. وقتی برای داشتن و رسیدن به چیزی تلاش می‌کنی سختی می‌کشی و مسیری را می‌پیمایی، آن وقت به دست آوردن و رسیدن را همراه آرامش و لذت چندین برابر احساس می‌کنی.

گمانم خواستیم نور درون خود را در تاریکی‌ها و کوچکی ابعاد جسم و ماده در زمین مخفی کنیم و دوباره شروع به جستجو نماییم. شاید باید چیزهایی که داریم را از دست بدهیم، بگردیم و برای به دست آوردن آن تلاش کنیم، آنوقت به حقیقت واقعی چیزی که داشتیم، پی خواهیم برد.

سارا دوباره پرسید:

ـ ولی همیشه هم رهایی از تله‌ها آسان نیست، شاید بتوانیم راحت صحبت کنیم، اما وقتی در هرکدام از این تله‌ها گیر افتادیم، رها شدن بسیار سخت می‌شود و انگار تا همیشه در همان حال باقی خواهیم ماند...

ساحک حرف سارا را نیمه تمام گذاشت و همچون بازیکنانی که در آخرین دور بازی، برگه‌ی برنده را در دست دارند با صدایی مطمئن گفت:

ـ چون رازی را که قبل از شروع مسابقه زمین، می‌دانستیم، فراموش کردیم. آن راز «امید» است. هرکسی که به «امید» ایمان داشته باشد هرگز در تله‌ای، باقی نمی‌ماند. «امید» همچون نور، همیشه راه رهایی را به تو نشان می‌دهد. همیشه مسیر را از تله‌های موجود، پاک می‌کند. هرکه امیدوار باشد نه غمگین می‌ماند و نه حسرت می‌خورد و نه در هیچ تاریکی باقی خواهد ماند.

در واقع «امید» همان نور است. نوری که ما با خود به زمین آوردیم و مخفی‌اش کردیم و تنها راه رهایی از هر سختی و تاریکی در زمین است.

سارا تصمیم خودش را گرفت، ساحک الان آماده شنیدن حقیقت به نظر می‌آمد، پس بسیار محتاطانه گفت:

ـ پس اگر کسی عزیزانش را از دست داد، نباید نا امیدانه غصه بخورد، و باید سعی کند امیدوار به باقی مسیر ادامه دهد تا روزی که دوباره همه در کنار هم خواهیم بود، درست نمی‌گویم؟

ساحک که با بحث پیش آمده از توهماتش و دنیایی که برای خودش ساخته بود کمی فاصله داشت. با جملات سارا بدنش به لرزه افتاد. نگاه خندان و مهربانش را غم و ترس پوشاند. احساس کرد تمام بدنش در آب یخ فرو رفته است. گویی به یکباره آن شب شوم را به یاد آورد، متوجه نبودن سامان در ماه گذشته شد، و کابوس تاریک تنهایی، همچون پیچکی، روحش را در برگرفت.

سارا دستان خواهرش را در دست گرفت، سرمای بدنش او را نگران کرد، پرسید:

- ساحک... خوبی؟

اما جواب ساحک فقط سکوت بود، مانند مجسمه‌ای که سال‌ها در آنجا قرار دارد، حتی تکان نمی‌خورد، سارا با خودش فکرکرد: «چرا فریاد نمی‌زند، چراگریه نمی‌کند، چرا بی‌قرار نیست و هزاران فکر دیگر.»

دقایقی به انتظارگذشت سپس ساحک با صدایی که به سختی شنیده می‌شد، گفت: «شب بخیر»

این چیزی نبودکه سارا منتظر شنیدن آن باشد، حس آرامش قبل ازطوفان را داشت، ساحک بلند شد تا به سمت اتاق خوابش برود اما قبل ازاینکه بتواندکاملاً بایستد، برروی زمین افتاد. سارا هنوزدرشک افتادن ساحک بودکه متوجه خون قرمزی که ازکنارگوش خواهرش به روی پارکت غلتید، شد. حتماً موقع افتادن، سرش به لبه میزاصابت کرده بود. سارا ازترس، دست و پایش راگم کرد. چند باری ساحک را صدا زد، جوابی نشنید. نبضش راگرفت، خدا رو شکرزنده بود. به اورژانس زنگ زد. ساحک را به بیمارستان منتقل کردند.

سارا در راهرو منتظر بود. دکتر ازاتاق بیرون آمد. سارا خودش را معرفی کرد و البته توضیح دادکه دربیمارستان... ازهمکارانشان است. دکترلبخندی زد وگفت:

- خدا رو شکر، ضربه جدی به سرشان وارد نشده است، فشارپایینش را هم به وسیله سرم بالا بردیم. احتمالا روز پر استرسی را داشته‌اند؟

ساراکه نمی‌خواست همه شرایط ساحک را توضیح دهد، فقط به‌گفتن «بله» اکتفاکرد و با تکان دادن سر، حرف دکتر را تایید نمود. دکتر با لبخند ادامه داد:

- باید بیشتر مواظبش باشید، احتمالاً نمی‌دانستیدکه ایشان باردار هستند!

سارا ازتعجب خشک شد. پرسید:

- باردار؟

خانم دکتر با لبخندی، سوالش را پاسخ داد و بعد صدای قدم‌هایش که ازسارا دور می‌شد، در راهرو بیمارستان پیچید. ساراگیج شده بود. احساس دوگانه‌ای

داشت. هم شادی و هم غم. نمی‌دانست که این کودک از راه رسیده می‌تواند به بهبودی حال ساحک کمک کند یا شرایط را برای او سخت‌تر می‌کند.

به آرامی وارد اتاق شد. ساحک را دید که با صورت رنگ پریده به پنجره اتاق که مانند قابی برای ماه شده بود، چشم دوخته است. حتی با شنیدن صدای پای سارا عکس العملی نشان نداد. مستقیم به سمت تخت رفت، خم شد و ساحک را در آغوش گرفت. گونه‌اش را بوسید و گفت:

- داشتم سکته می‌کردم! حسابی منو ترساندی، مامان ساحک...

ساحک با شنیدن کلمه مامان، گویی از کیلومترها رویایی که در آن غرق بود به ثانیه‌ای عبور کرد و صورتش را به طرف سارا چرخاند و با نگاهی عمیق، منتظر شنیدن توضیحی از سارا بود.

سارا سعی کرد لبخندی بزند و انگار که بهترین خبر دنیا را می‌دهد، با شوق فراوان گفت:

- خانم دکتر گفت که تو «مادر هستی.» ساحک می‌دانی یعنی چی؟

ساحک افسرده که پس از مدت‌ها دوباره با کابوس زندگیش رو به رو شده بود، حتی با شنیدن خبری این چنین هم نمی‌توانست کلامی به زبان بیاورد، فقط به سارا نگاه کرد. سارا با همان هیجان ادامه داد:

- تو همیشه به امید، ایمان داشتی. این معجزه نتیجه ایمان توست ساحک. تو همیشه به این زندگی امید داشتی و این اتفاق فقط یک معنی می‌تواند داشته باشد، که حرف تو واقعیت دارد. امید کلید موفقیت و رهایی است. ساحک تو دوباره مادر شدی و روحی را درون خود داری! روحی که همراه خود نور امید را در تو جاری می‌کند. آیا این اتفاق، معجزه نیست؟

سارا همین طور که با اشتیاق، جملاتش را بیان می‌کرد، به صورت زیبا و رنگ پریده خواهرش چشم دوخته و امیدوار بود که شاید این اتفاق بتواند دیوار سیاهی که ساحک دور خود کشیده را خراب کند و خواهر باهوش او را از بند این تنهایی و

توهم رها سازد.

پاسخ ساحک به تمام این اتفاقات و حرف‌ها، فقط سکوت بود، اما این بار دیگر نگاهش آغشته به آرامش بود، نه ترس. سارا متوجه این حس شد و از اینکه حداقل ساحک بدون دریافت کردن آرام‌بخش قوی، به این آرامش حتی موقتی رسیده است، احساس شادمانی کرد.

ساحک سرش را چرخاند و نگاه چشمان زیبایش را به قاب پنجره مهتابی هدیه کرد. سارا که نمی‌خواست این آرامش معجزه‌وار را که بعد از ماه‌ها هدیه گرفته بود، خراب کند، به آرامی در صندلی نزدیک تخت نشست و دیگر چیزی نگفت. و امیدوار بود جنین خواهرش مانند باریکه‌ای نور، تلاش کند به روح خسته وافسرده مادرش که درگیر کابوس تاریکی شده روشنایی هدیه دهد و با خودگفت:

«این نور هر روز، عمیق‌تر و پرنورتر در روح ساحک نفوذ خواهد کرد و مطمئنم او را رها خواهد ساخت.»

و مثل دختربچه‌هایی که هنوز تحت تأثیر داستان سیندرلا رویایی هستند، با لبخند در دلش زمزمه کرد:

«روح عزیزانش نتوانستند او را در این وضعیت ببینند و به آغوشش بازگشتند.»

به آرامی سرش را به پشت صندلی سبز رنگی که روی آن قرار داشت، تکیه داد. بعد از چند ماه، این اولین شبی بود که با آرامش چشمانش را بست و به هیچ چیز فکر نکرد. فقط زیر لب زمزمه کرد: «خدایا، ممنونم.»

***

در پاییز بود که ساحک متوجه شد بدنش جایگاه دو جنین است. یک دختر و یک پسر، و برای اولین بار پس از چندین ماه از اعماق روحش لبخند زد و خدا را بابت معجزه پیش آمده سپاس گفت.

شاید هنوز زمان لازم بود که بتواند با شرایط جدید، بدون کمک گرفتن از دارو، کنار بیاید و بتواند همان ساحک پر از شور و نشاط باشد.

کسی متوجه نشد که ساحک هنوز با عزیزان خیالی‌اش در ارتباط است یا نه ولی با در آغوش گرفتن باران و بارمان جدیدش، شادی دوباره، ساکن همیشگی روحش شد و لبخند برای همیشه روی لبانش به جای ماند و آرامشی که در نگاهش ماندگار شد، رازی به نام «امید» را تایید کرد.

«امید»، حقیقتی است که وجود دارد، همیشه بوده و خواهد بود. برای همین است که تمامی داستان‌های زمینی، چه آن‌ها که دیده شدند و چه آن‌ها که فقط شنیده شدند، تنها یک هدف داشته‌اند تا به روح ما یادآوری کنند:

«امیدوار باش ...»